影像南充

渐渐远去的乡愁

黄世辉 马云骓 张娟婷 聂建军 著

IMAGES OF NANCHONG TRADITIONAL CULTURE

四川大学出版社
SICHUAN UNIVERSITY PRESS

图书在版编目（CIP）数据

影像南充：渐渐远去的乡愁 / 黄世辉等著.
成都：四川大学出版社，2025. 4. --（巴蜀文化丛书 /
彭邦本主编）. -- ISBN 978-7-5690-7727-8
Ⅰ. I267
中国国家版本馆CIP数据核字第20257Q6879号

书　　名：影像南充——渐渐远去的乡愁
　　　　　Yingxiang Nanchong——Jianjian Yuanqu de Xiangchou
著　　者：黄世辉　马云骓　张娟婷　聂建军
丛 书 名：巴蜀文化丛书
丛书主编：彭邦本

出 版 人：侯宏虹
总 策 划：张宏辉
丛书策划：张宏辉　杨岳峰
选题策划：庄　溢
责任编辑：庄　溢
责任校对：吴　丹
装帧设计：黄世辉　罗　伟
责任印制：李金兰

出版发行：四川大学出版社有限责任公司
　　　　　地址：成都市一环路南一段24号（610065）
　　　　　电话：（028）85408311（发行部）、85400276（总编室）
　　　　　电子邮箱：scupress@vip.163.com
　　　　　网址：https://press.scu.edu.cn
印前制作：四川胜翔数码印务设计有限公司
印刷装订：四川五洲彩印有限责任公司

成品尺寸：185mm×245mm
印　　张：17.25
字　　数：306千字
版　　次：2025年5月 第1版
印　　次：2025年5月 第1次印刷
定　　价：68.00元

本社图书如有印装质量问题，请联系发行部调换

版权所有　◆ 侵权必究

传统存烟火，人间寄清欢

——《影像南充：渐渐远去的乡愁》序

这世间，做个完人太过不易。不是所有的人，都能立德、立功、立言。既然来过，大多数人总是奢望和渴求能够被后世记得。我们虽然不能被写进历史，但可以写下历史。

人生的价值，除了最原始的繁衍生息，让基因留存赓续外，更重要的，是经历。终究是时光有限且匆匆而过。所幸，我们可以通过书本和文字，找到历史的记忆，获得岁月的存留，追寻梦想的痕迹，寄望未来的复刻。

因工作关系，平素触及书籍甚多，或书迷推送，或作者自荐，或馆所投放。多而不鲜，以至所见无奇、置之则忘。久而生懒，以致走马观花、一目十行。在追逐名利、谋求经济的当下，读书人太少，写书人更少，真正值得品鉴的书实在难得一见。因为难得，所以珍贵。

当世辉兄把一叠厚厚的书稿置于我的案头，在不经意地翻看间，我竟生出些许莫名的心动与欣慰来。那一行行触人心弦的文字和一帧帧写满沧桑的图片，镌刻着历史记忆，弥漫着人间烟火，让人瞬间觉着：这不就是当年我们批准设置"嘉陵江影像艺术中心"并推动其加入文艺大家族的初心和奋进的因由吗？

这本书稿的四十篇文章，涵盖了南充"传统建筑""传统技艺""传统民俗""传统美食"四大主题。如果说手中这本书稿很厚，它却不过一二公分厚，十余万字长短；如果说手中这本书稿很薄，它却蕴含着千百年的烟火、亿万人的长歌。

翻开书页，记忆瞬间就被拉回到了过往，让我游走于光影，和遥远的历史对话，和既往的时光对视，和作古的先辈对答。

世辉兄所撰的"传统建筑"篇，穿透尘埃、眼光独到。不乏几代人十几代人延续居住的古老院子、街坊街衢、传统村落；不乏万千善男信女虔诚参拜观瞻的宫观庙宇、庄严祠堂、节孝牌坊、沧桑古塔；不乏来往交流、贩夫走卒踩踏千般的古老桥梁、防御山寨；不乏饱尝尘灰俯瞰人间的绸都遗韵、画栋雕梁。

马云骓老师所撰的"传统技艺"篇，隐现山野，触之潸然。再一次吼起激起嘉陵江浪花的船工号子，撼动南充原野的石工号子，锤炼幸福生活的打夯号子；再一次奏响东方花腔川北清音、唱奏并作川北道琴、道不尽说唱人生金钱板；再一次跳起声威并壮的腰鼓舞、水乐再现的采莲舞、插科打诨的车车灯、田间丰收的秧歌舞；再一次带动翻山越岭而来的翻山铰子、立足尽在方寸间的高跷狮舞、极具矫首蟠龙势的板凳龙舞；再一次呈现那人歌人咏山色里的山歌、山川快递"活化石"的马帮、古往今来方寸间的皮影。

聂建军先生所撰的"传统民俗"篇，切近史实、娓娓道来。我们追逐时令、赶趁庙会；我们经历人生的离合悲欢、生老病死、冷暖苦甜；我们拜师学艺、磕头作揖、立业成家；我们走过春夏秋冬、经历寒来暑往；我们在茶馆品茗、聊天、道听途说，嬉笑怒骂皆文章；我们在医馆求医问诊，看大夫把脉观色、药到病除；我们在街头围观算命先生八字推演、聆听铁口直断；我们看乡野间屋宇的鳞次栉比、黛瓦飞檐；我们看车夫劳碌奔走、挥汗如雨、为己为家不知疲倦；我们看桑与蚕续写绸都的浪漫云烟。

张娟婷老师所撰的"传统美食"篇，记录烟火，朵颐在念。可品尝千骨熬出的南充米粉、质朴厚道的卧龙鲊、五味杂陈的冲菜，还有甜蜜软糯的甜糕和糯米砣；可品尝在婚丧嫁娶宴席上离不了的九斗碗、在传承中发展的川北凉粉，还有街头巷尾弥漫的南充油茶；可品尝入口爽脆流油的锅盔凉粉、刺激味蕾的营山凉面，还有在儿时记忆中飘荡的红灯笼、白灯笼。

我以为，手捧的是一册散文。毕竟词句达意、言语走心。读来，就是与文人的交流交往，就是与珠玑的碰撞摩擦，不得不说是一种享受。

我以为，手捧的是一段历史。字里行间的事物，抑或淡忘，抑或消失，抑或变革，难以找到现实的踪迹。我们珍视历史、回念传统，就是不忘来路、恒念初心。

  我以为，手捧的是一种情怀。世间万物，生生不息，缘起缘灭。回顾历史，才能展望未来；探究传统，才能立意创新；不忘旧事，才能迎接新生。

  一卷在手，南充传统存烟火；一书完结，唯愿人间寄清欢。

  是为序。

杨林（南充市文联副主席兼秘书长）

目 录
CONTENTS

传│统│建│筑

南充老桥……………………………………………………… 003

散落在田间地头的"塔"……………………………………… 013

淹没在历史"深井"里的古寨………………………………… 021

刻在"雕梁画栋"里的密符…………………………………… 028

童年的老院子………………………………………………… 034

"琼楼玉宇"里的智慧………………………………………… 042

宗祠里的故事………………………………………………… 049

宝塔，依然屹立……………………………………………… 055

南充的老街巷………………………………………………… 062

绸都遗韵……………………………………………………… 069

传│统│技│艺

翻山越岭来娶你：翻山铰子……………………………… 077

捶打敲击中的铁火岁月：铁匠…………………………… 083

道不尽的说唱人生：金钱板……………………………… 089

南部傩戏：从"怡神怡鬼"到"艺声艺瑰"………………………… 095
一木一口风雷吼：南充评书………………………………………… 102
唱奏并作道世情：川北道琴………………………………………… 107
灯影春秋　时光留痕：神坝皮影…………………………………… 113
守护背后的守护：古城门神"研修人"…………………………… 120
古老的"山川物流"：马帮………………………………………… 127
石匠：自"时匠"向"失匠"的位移……………………………… 134

传 | 统 | 民 | 俗

茶馆里的"江湖"…………………………………………………… 145
悄然而逝的"拜师学艺"…………………………………………… 151
正月十四蛴蟆节……………………………………………………… 157
川北婚俗……………………………………………………………… 165
车夫的背影…………………………………………………………… 172
南充民间的清明会…………………………………………………… 178
绸都与蚕的风俗……………………………………………………… 183
修房造屋的习俗……………………………………………………… 190
三月三，游西山（凌云山）……………………………………… 197
预测未来的"抓周"………………………………………………… 203

传 | 统 | 美 | 食

南充米粉……………………………………………………………… 209
相如故里凉粉香——蓬州唐氏米凉粉…………………………… 215
舌尖上的乡愁——李家锅盔……………………………………… 219
春之味——冲菜……………………………………………………… 225
寻味红（白）灯笼………………………………………………… 230

迁徙中不变的味道——客家水席 ……………………………………… 235

古城本味儿——蒲氏羊杂汤面 ……………………………………… 242

源味卧龙鲊 …………………………………………………………… 247

儿时味道——爆米花 ………………………………………………… 255

奇味——金宝缶鱼 …………………………………………………… 260

传统建筑

南充老桥

撰文：黄世辉

摄影：李永平　黄世辉

　　南充位于嘉陵江的中段，水网丰富。嘉陵江蜿蜒流淌三百多公里，将南充各区县紧密地连在了一起。一条条支流又跟嘉陵江紧紧地连在一起。嘉陵江把最柔美的身段留给了南充。古往今来，古老而又年轻的嘉陵江用她那温柔而清碧的江水，开阔而又坦荡的胸怀滋养了这一方土地。

　　江水虽然给了人们生存的源泉，却也给人们的出行带来了不便。江河万千，舟桥可渡。桥和船，这个时候就出现了。大大小小、材质各异的一座座桥，连两岸，通四衢，达八方，连缀起古往今来各色行旅。

1975年建成通车的嘉陵江大桥

影像南充：
渐渐远去的乡愁

近处为2005年建成通车的嘉陵江二桥，也叫清泉寺大桥，远处是新建的铁路大桥

擦耳老桥

　　而在南充，跨州过县，最便捷的还是那一座座充满历史记忆的桥。在我们的记忆中，印象最深的是西桥，也就是现在的老西桥。西桥修建在西河上，是从西山走到

城里唯一的通道，亦是最美318线上的一座桥。印象深刻是因为梁思成曾来考察这座桥，当时它是南充出入城的主要通道，亦是上成都、下重庆的必经之地，更有一座桥挑起一条沟（金泉沟）一座城（果城）之美誉。

几经风雨的老西桥，曾经是南充八景之一"西桥映月"的观景地。桥首建于宋朝，经明、清、民国和新中国成立后七次修建养护。桥名虽经历从广恩桥、西溪桥到永安桥的多次更换，但南充人习惯称西河桥。现在的西桥为七孔石拱桥，原本桥的两端还设有梯步、牌坊、石栏杆，记录着桥的修建史和贡献人，现在都已拆除。随着高速公路的发展和城市的扩容，当年西桥上人挤人、车连车的状况早已不复存在，西桥也渐渐淡出了人们的视线。老一辈人还能记得一些故事，而年轻人对西桥历史掌故的认知含混，有的还可能张冠李戴，把西桥和西河上的其他桥混淆。

高坪清代二龙桥

影像南充：
渐渐远去的乡愁

共兴老桥

　　江河流经平缓之处，大城小村兴焉。由于城市和乡村沿江沿河而建，关于桥的故事就非常多。就南充城区来说，嘉陵江上的大桥就从一座变成现有的七座，这还不算两座铁路大桥。散布在各地的桥就更多，那些古桥形态各异、功能各异，如蓬安利溪的廊桥、南部小元的八仙桥、店垭乡的凤仙桥、营山县银水村的银水廊桥、高坪螺溪镇的周家桥、走马乡的独步桥等。作为历史的见证与纽带，这些桥大多数都是义建，是生于斯长于斯或归于斯的乡亲们，自己筹钱修建的，为后人造福，为后代树样。与当今的"金桥银路"的说法不一样。这里的义建，是古训里的话：行善积德三件事，修桥铺路办学堂。上面所说的老西桥亦为南充义建桥梁遗存之一。有史记载，明代隆庆四年，大学士陈以勤谢政还乡，倡议捐资修复被毁的老西桥，奠定了如今的基本式样。

嘉陵江大桥又称白塔大桥

老西河桥

影像南充：
渐渐远去的乡愁

空中俯瞰西阳寺大桥

嘉陵区龙蟠西阳寺大桥

传统建筑 ◆

东观螺溪河上的老桥

乡村无名老桥

影像南充：
渐渐远去的乡愁

蓬安利溪廊桥

乡间的拦水桥

乡村里的简易古石桥

龙蟠镇西阳寺大桥

营山银水廊桥（上部）

营山银水廊桥（侧面）

营山银水廊桥（底部）

影像南充：
渐渐远去的乡愁

西充县凤鸣老桥

　　修桥是大事。泽慧乡里，利在民生。在淳朴民风的熏陶下，修桥大事就会有四方响应。一个地方要修一座桥，四方的乡亲就都知道。热心的人还会来帮忙，有钱的出钱，有力的出力，大家齐心协力。古时修桥有讲究，从选址、敬神、奠基、修建、立碑到最后的验收，层层有村民参与，事事有大伙的监督，日日有乡亲的管理。一座桥也就体现了一个村的形象和风貌。村门前的那座桥也就成了儿时最美的记忆。

　　有了桥就有了故事，就有了联系。作为一个地方或一方百姓心中标志性的建筑，留存在记忆里的老桥总是那么亲切，那么温情，那么有责任、有担当，经历了无数的风风雨雨，依然默默无闻，默默奉献。世事风云变幻，人间无数沧桑。渐渐淡出我们记忆和视线的一座座老桥，依然默默无语，默默承受，日复一日承载着一代又一代人的奔波与希望，于默默间，让人们记起，又逐渐淡忘。

散落在田间地头的"塔"

撰文：黄世辉
摄影：黄世辉

塔，或楼阁，或密檐，或造像，或幢式……形制各样，功能有别。由于其特有的造型和古老的传说，人们赋予了塔神圣的力量。在南充境内，有一种塔，或立于街口，或建于大道大桥旁，或修在自家大院内，或散落在田间地头，高低不一，大小不一，别致精巧。塔上有字，有联。人们叫它"惜字塔""字库塔""敬字亭""焚字

常年淹没在水中的神坝惜字塔在枯水季节终于露出水面

从岸边看水中的神坝惜字塔

炉"。据说古时读书人废弃的字纸不能随意丢弃，他们要将所有用过的字纸或废书都收集起来，选一良辰吉日，行礼祭奠后，方可点火焚化。人们以建塔焚字来表达自己

文滩桥字库塔（一）

影像南充：
渐渐远去的乡愁

文滩桥字库塔（二） 　　　文滩桥字库塔（三）

文滩桥字库塔（四） 　　文滩桥字库塔（五） 　　文滩桥字库塔（六）

敬天惜字、崇文重书。这一传统在客家人的心中，更是神圣。

在南充境内，比较有名的塔有：南部的神坝惜字塔、梨子垭字库塔、马龙庙字库塔、西充仙林惜字库塔、文滩桥字库塔、川井坝字库塔，阆中的金龟庵村字库塔、三庙乡惜字塔等。这些塔都具有较高的历史、文物价值。

南部的神坝惜字塔，又叫文风塔或字库塔，现存于升钟水库，常年被水淹没，只有在每年三四月份的枯水季节才能看到。塔高约14米，系七层六角形仿木结构浮雕砖塔。始建于清同治三年（1864），至今有160多年。全塔共有224幅砖雕图案。其建筑特点是每块砖按固定的规格烧制，各浮雕砖砌于固定的位置，相互间用桐油石灰勾缝黏合，整个建筑浑然一体。塔由底向上逐层缩小，每层每方有倚柱，倚柱之间有图案。第二层上面刻着由陕西汉中府城固县辛酉科举人王雨村撰写的序言。可惜最精妙

马龙庙字库塔

影像南充：
渐渐远去的乡愁

的六角攒尖顶和顶上的铜制仙童在丰水期被船撞断。它常年在水下，要见其真容得等时机成熟，水落塔出。

位于西充县车龙乡的文滩桥字库塔，建于清代，塔高七层，为楼阁式中空石塔。塔身优美，角柱分明，保存较完整。塔身各层均有雕刻清晰的戏剧人物、菩萨、法轮等图案。化字口位于塔身第二层。该塔对于研究四川地区字库塔的发展演变具有一定的价值。

马龙庙字库塔为五级六棱仿木结构石塔，上有联文"与山河而并寿，共奎壁以联辉"。奎壁即二十八宿中奎宿与壁宿，二宿主文运。奎壁星光，文苑并辉。塔刹为一观音坐于仰覆莲座上。该塔已有近三百年历史，保存较好，具有较高的历史和文物价值。

西充仙林惜字库塔为六角九层楼阁式石塔，通高16米，每层塔檐下方均施六根镂

仙林惜字库塔（一）

仙林惜字库塔（二） 　　　　　　　　仙林惜字库塔（三）

仙林惜字库塔（四） 　　　　　　　　仙林惜字库塔（五）

空离体石柱，柱上雕刻龙凤、花草图案，镂空雕刻让塔焕发艺术感，空间感、通透感极强，第一层门额上阴刻"惜字库"三字，第二层周围阴刻"大清道光拾柒年岁序丁酉拾月贰拾玖日建竖"，整座塔充满了艺术魅力与历史沧桑之感。

大湾头惜字塔，又称保城文笔塔，位于南部县保城乡大湾头村大柏树嘴，为石砌

影像南充：
渐渐远去的乡愁

大湾头惜字塔（一）　　　　　　　　大湾头惜字塔（二）

六棱四层塔，建于清代。塔身四周刻有浮雕及造塔工匠姓名，并有题记"大清同治四年冬廿九建立"字样；塔顶为圆锥形；塔檐刻有瑞兽、禽鸟。该塔处于田野中，题记字迹风化严重，塔身已有些倾斜。

"字库""惜字""敬字"既体现先人们对文化的敬重和畏惧，也是一段历史的见证。虽然在今天看来，塔已不可再修再建，难有昔日的兴盛，但作为一种历史物件，透过那塔身的小孔和文字，仿佛呈现出曾经的文人在学习、书写、焚烧文字时的虔诚和崇敬，也传递给后人尊重知识、尊重文化、尊重文明才能更好更科学地发展的理念。

淹没在历史"深井"里的古寨

撰文：黄世辉
摄影：黄世辉　张娟婷

提起古寨，很多人会想到原始社会。那些为原始先民遮风挡雨的岩洞茅庐是古寨的雏形。它们或傍高山、或隐密林，展示着时人工具原始、生活原始的生存状态。千百年岁月湮没了阡陌路径，荒芜了旧村古寨。不过，南充境内现存的古寨却历经风雨而遗存，比我们想象的要丰富得多、现代得多。当然，更多的古寨已仅存一些石基、石门、石具，在荒坡蔓草间无声诉说着岁更月替。

可能有人听说过"四川八柱"，也就是蒙古大军顺江顺河而下侵略中原之际，宋廷为了抗击蒙古大军，在四川建立的八个战略支撑点，凭险据守，保障大后方不落入

蓬安燕山古寨山门及山路

蓬安燕山古寨寨门（正面）

蓬安燕山古寨寨门损毁的"天外一峰"匾额

敌军之手。其中有两座在南充，即蓬安的运山城和高坪青居城，余下的六座是成都金堂的云顶城、广元苍溪的大获城、巴中通江的得汉城、重庆奉节的白帝城、广元剑阁的苦竹寨和重庆合川的钓鱼城。而合川的钓鱼城抗击蒙古大军36年，直到蒙古大汗蒙哥死在钓鱼城下，从而改变了整个战局。南宋首都临安城开城投降3年后，钓鱼城才开城投降，可见这些由古寨修成的古兵城，在冷兵器时代是多么坚固且便于生存。

蓬安运山城，即燕山古寨，海拔800余米，其四周危崖陡绝，而山顶平阔像桌面。公元1243年四川制置使余玠率领军民抗击蒙军。蒙军围困运山城长达15年。孤寨难撑危局，运山城的绝地坚守终因弹尽粮绝、寡不敌众而结束。守城兵民于公元1258年全部壮烈牺牲。

据《蓬州志》记载，运山城"形如屏立，横亘半空"。运山城山顶地势平坦开阔，山高水亦高。山顶平坝中有水塘，叫天生池。每遇旱灾，即使山下农田开

蓬安燕山古寨悬崖边

思依古寨清河门

影像南充：
渐渐远去的乡愁

裂，山上塘水仍长年不枯。运山城曾建有十二门，史称十二寨。每个寨都修有天生池，方便屯兵用水。

思依古寨白云洞（一） 　　　　思依古寨白云洞（二） 　　　　思依古寨崖洞

思依古寨允固门 　　　　　　　思依古寨寨门

修缮一新的四方寨

禹迹山古寨门（一）

禹迹山古寨门（二）

禹迹山古寨城门（三）

影像南充：
渐渐远去的乡愁

位于青居镇的淳祐故城遗址

淳祐故城城墙遗址（嘉陵江位于墙外）

运山城之所以叫燕山寨，据传是因当时山上每逢春日，多有燕子飞翔。如今，春燕不知何处去，残寨依旧立山风。

高坪青居城，亦称淳祐故城。与运山城一样，它是余玠在青居烟山古寨之上加固城墙而成，于大江天堑前，群峰岩壁后，沿悬崖依山就势，用条石砌城墙，历3年竣工，迁顺庆府于此。它控嘉陵江中游，扼水陆关津。雄寨本可拒万夫，可叹的是，再坚固的堡垒也难敌来自内部的攻击。面对蒙古军队的兵锋，守城裨将刘渊杀都统而降，致城破寨灭。

古寨历来就有。生存于群山峻岭之中的先人们，知晓如何与大自然打交道，如何顺应天时地利来生存发展，古寨就应运而生。在川北地区，有很多古寨。有些古寨保存完好，至今还有人居住。如顺庆的四方寨、嘉陵的天星寨，特别是南部的禹迹山古寨，进出只有四个山门，一旦山门锁死，则无法出入。这些山门，修有瞭望孔、机关门、天生池、射手垛，易守难攻，可以防山贼，抗兵患。山寨上，则山势平坦，有树有林，有田有水，有塘有鱼，有庙有庵。山顶居民可以几年甚至几十年不下山。阆中思依古寨允固门前的对联"聚百姓修成铁桶，安万姓长羡金城"，道出了先人修建古寨的初心。

历史的进步和时代的发展，让人们对生存条件有了更多更好的选择，但安全、安静、安心依然是人们对居住环境的基本要求。古寨已随历史的脚步渐渐远去，那些闪烁着生存智慧、对仗工整、文辞优美的门联，仿佛在告诉后人生存与发展的逻辑关系，千秋万代，古今同理。

刻在"雕梁画栋"里的密符

撰文：黄世辉
摄影：黄世辉　张娟婷

在南充境内，有很多古建。这些古建不仅建筑精美，结构精巧，而且雕刻纹饰非常优美，内容也十分丰富。古人们把自己对美好生活的希望，对后世子孙的告诫，对自己一生的总结，对友人的无限情谊，通过灵巧的双手，或用文字，或用图画，或用物件，或用花草，或用古戏、神话，刻进或书画在梁、柱、碑、塔上，使它们容易被看到，容易被记住。

我在收集南充古建资料的时候，看到这些，也深有感触。先人们是在用历史的经验告诉后人，如何立身、行事、为人、齐家、治国。

始建于元代、经明清多次修建的蓬安文庙，其美观的造型、精细的雕刻让人流连

窗雕（宝瓶） 　　　　　　匾雕（福禄寿） 　　　　　　窗雕（戏曲）

年轻的古城雕刻师 　　　　　　木雕配件 　　　　　　雕刻（人型）

古城雕刻师的工具墙 　　　　木雕师使用的工具 　　　　部分木雕

忘返。其门楼的砖刻、浮雕就有60多处，图案展示了孔子生平和"渔樵耕读""魁星点斗""独占鳌头""状元及第""凿壁偷光""岳母刺字"等故事。这些跟文化和学习有关的故事和雕刻，就是在告诉后人亘古不变的至理：学习是第一位的，读书才有出路。小到个人家庭，大到国家民族，有发展有进步靠的就是刻苦的学习，而学习是要下功夫的，不能一蹴而就。

流传在嘉陵区民间的"棉花会馆像朵花，田坝会馆赛过它，江西会馆岩上爬"的顺口溜，则道出了位于嘉陵区双桂镇的田坝会馆的盛状。田坝会馆即江浙会馆，据传为移民修建，会馆由山门、戏台、书楼、前殿和后殿五个部分组成。最精美的要数戏楼和正殿的磉墩。正殿的四个磉墩，空心镂雕，外层雕花鸟虫草，内空心可见中轴。如此精细的雕刻和空心，却能承受大殿千斤重负，可见古人高超的建筑技艺。听说这种磉墩只有北京的颐和园才有。而戏楼的柱、枋都刻有浮雕故事。前枋两边雕刻的"福、喜、寿"更是精美绝伦，如美人般，让人流连感叹。后台横枋浮雕的"二龙戏珠"和各种故事及戏剧中的人物，栩栩如生，让人驻足。

如果用一个词去形容古建筑的华美，恐怕大多数人都会回答"雕梁画栋"。极具

影像南充：
渐渐远去的乡愁

栏杆雕刻（摇钱树）

窗户上雕刻的烟斗、芭蕉扇、蟠桃等图案

总真山观音寺里的石雕（龙形）

总真山观音寺里的石雕（局部）

代表性的，则是古建筑的"纹"的艺术。梁、枋、柱、基等建筑构件中，出现"纹"的记载已无法考究，而大面积地修建和装饰"纹"则是一项浩大而繁复的工程，不是普通老百姓能够完成的，故纹饰多出现于庙宇、寺院、官宅中，如南部的松林包民居、马家大院，阆中的永安寺、张飞庙等都有非常优美的纹饰。

说起纹饰，那是中国古建的瑰宝，是民族生存智慧的历史呈现，是世界建筑艺术中的一颗明珠。每一栋建筑中的纹饰，既代表着居住人的身份、地位、权势，又代表着居住人的理想、希望和情趣。细细观摩这些纹饰，品读其蕴含的深厚意蕴，你会看到很多有趣的故事，领会到无穷的喻义。

田坝会馆的山门上有李冰父子的雕像。门联刻"功同大禹昭千古，德沛苍生祀万年"，横联则是"利及泽人"。因田坝会馆修建在西河边上，这门联的寓意就更加深刻了，希望进入会馆的人都像李冰父子一样利及万代。

有的民居横梁上则雕刻着八仙纹饰图案。八仙是民间广为流传的八位神仙，即铁拐李、汉钟离、张果老、蓝采和、何仙姑、吕洞宾、韩湘子、曹国舅。他们所持的八件器物，则代表了道家的八宝：葫芦、扇子、渔鼓、花篮、荷花、宝剑、横笛、玉板，这些图案最早用于道家的建筑上，后来广用于民间的木塑、砖雕、制瓷等工艺上。八仙过海各显神通，他们手执的宝贝自然寓意非凡：铁拐李的葫芦有福禄之意，装着济世度人的灵丹妙药，在医药世家常见悬挂葫芦；汉钟离的宝扇扇火火灭、扇风风息、扇水水起、扇土土散、扇石成金，变化无穷，常刻在窗户上，护佑主人家顺风顺水；张果老的渔鼓，能占卜人生，预测旦夕祸福；蓝采和的花篮广通神明，能驱除邪灵；何仙姑的荷花，有"手执荷花不染尘"的高雅，代表主人家的思想境界；吕洞宾的青锋宝剑能斩妖除魔，清除世间疾苦，常雕刻在梁、柱上；韩湘子的横笛，能滋生万物。花篮如意，渔鼓预测，横笛催声（生），都体现出古人将自己的喜好和希冀寄托在"雕梁画栋"之

梁雕（古戏）

梁雕（局部）

门雕（古戏）

门雕（局部）

前厅房挑房立佛

圆形门及其他雕刻

窗户上精美的雕刻（龙形）

梁柱下的石雕

上，以此明志；曹国舅的玉板，由美玉所造，凝聚天地灵气，能清净身心，代表主人家的修为。

民间有下面一种说法，也许更贴切，更受老百姓喜欢。八仙纹饰还代表"男、女、老、少、富、贵、贫、平"，八仙大都曾是平民百姓，通过自己的努力才得道升仙，因此，八仙的寓意是：无论高贵还是低微，无论贫穷还是富有，都能通过努力实现人生的价值。

也有一些古建筑上画着"象驮宝瓶"。象是瑞兽，寿命极长，喻好景。瓶，指观音净水瓶，内有圣水，能得祥瑞，因此，"象驮宝瓶"的喻义为太平景象、喜象升平。有的古建筑上画着"花瓶插三枝戟，旁边配笙"的图案，瓶与平同音，笙与升同音，戟与级同音异声，用谐音表示平平安安连升三级的意思，意指快快晋升官职。

见得最多的还是窗格上、门枋上雕刻的蝙蝠图案，有的是蝙蝠飞于四角，有的则是五只蝙蝠围绕"寿"字或桃子的图案。蝙蝠是"福"的谐音，古人有五福，即长寿、富贵、康宁、好德、善终。五只蝙蝠围绕"寿"字或桃子飞行，则代表了五福捧寿。

看似是建筑的装饰和美化，却蕴藏着古人对天、地、人的和谐之美的追求。古人把生存、生产、生活的智慧融入这些"雕梁画栋"里，没有一处是闲来之笔，没有一处是多余之涂，每一个纹饰都蕴含着深刻的象征意义。这

嘉陵区双桂镇田坝会馆（正面）　　　　　　　　田坝会馆正门对联

些纹饰就像是一套密码，编织着川北人自强不息的精神图谱，表达着南充人对幸福生活的美好向往。

然而，这样的建筑和纹饰，在我们越来越趋向现代化、智能化的生活中，却越来越少了。

童年的老院子

撰文：黄世辉

摄影：黄世辉

老院渐远时人心，一砖一瓦旧光阴。

在南充境内，提起老院子，乡下人能马上说出几个来，还可以帮你指路。老一点的长者还可以说出某个老院子的前世今生，里面发生的久远传说和故事。

据不完全统计，南充境内的老院子，至今保存较好的，还有人居住的，有40余

杜极清庄园内大门

阆中古城星罗棋布的老院子

座。各县都有，或多或少。最多的要数南部县，有20多座。有的有人居住，有的已经废弃。这些老院子大多以姓氏命名，如陈家院子、冯家大院、韩氏老院、杜家庄园等，均散落于林野山间。要找到它们，还要费一些工夫。往往去人口集中的乡镇上问，都不一定能问清楚。经验告诉我们，要找年纪大一些的人来问，说出一些老院子的故事或者姓氏，才能问到路怎么走，然后边走边问，边走边找。

"咱们是一个院子里的人，我就住在院子里。"如果你在费劲寻找的时候听到这句话，那说明你的运气非常好，不但可以顺利找到老院子，还可以较详细地了解到老院子那口口相传的故事。如果你要问他的姓氏，可能他还不跟老院子一个姓！

这些散落在山野之间的老院子，有的修建得比较简单，有的修建得比较复杂，但大多都比较讲究。论位置，有的靠山，有的近水；论朝向，有的坐北朝南，有的坐西向东；论布局，有的一字排开，有的四周合围，设中堂前院，左右有厢，方方正正；论用料，有石有木，石作基，木作梁，顺势而建，上下有层，内外有阁；论功能，祭祀祭祖、生产生活一应俱全。下雨天，可以不湿脚地走几户人家，一点雨都淋不到，脚上一点泥都粘不上。

南部的杜极清庄园是典型的南充老院子，坐北朝南，地基用青石修建，高于地

老房子之间仅能容一人通过的过道　老房门前　　　　　　老院子里的青年

老房的门槛

传统建筑 ◆

老院子里的童年 　　　　　　　　　　　　阆中临街老房子

阆中有现代装饰的老房子 　　　　　　　南部建兴陈家祠堂老院子

南部青龙马家老院子 　　　　　　　　　南部乡村里的老院子

面2米。它是四合院子，院子大门讲究，有石鼓、石像、高高的门槛，门上雕刻纹饰。进入大门后，映入眼帘的是一块用石板垫起的大大的平坝，俗称"院子"或"院坝"。房屋建在四周，正对面的是堂房，左右两边是两层的厢房，大大小小有10多间，全木质结构。正堂屋位于正中位置，无论是开间、层高还是进深都远超其他房

037

间。堂屋和院坝属公共空间，是整个院子的灵魂和主体。

　　这些老院子大多修建于明末清初，有的是湖广填四川时期就开始修建，经过几代人的不断修缮和扩建，才有了现在的规模；有的属于当地名门望族，他们叶落归根，修房建院，以此来光宗耀祖，扬名立万。后来，经过解放时期、土地革命时期、人民公社时期等不同阶段，有的老院子成了学校，有的老院子被分给了贫下中农，有的老院子成了生产队的工棚，有的老院子成了乡政府、村委会的办公场所。

　　这下你就明白了，为什么住在一个院子里的人却姓氏不同。老院子的过往，犹如一本厚厚的历史书，翻开它，就如同走进了某个家族几百年的兴衰史。

　　在古城阆中市，这样的大院比较集中。由于过去阆中是保宁府的驻地，加之如今旅游城市的建设，这些大院被维护和保养得要好一些，看起来更具规模。最有名的有孔家大院、李家大院、胡家大院、马家大院、杜家大院，此外还有秦家大院、田家大院、蒲家大院、张家小院等。

　　位于阆中白花庵街10号的孔家大院，系孔子第66代孙于清康熙年间所建的住宅，是典型的川北古民居大院。该院坐北朝南，四合院小天井布局，中间为主庭，东西两侧为花厅，十间房屋对称排列，占地300平方米。房屋为穿斗式结构，悬山式屋顶，小青瓦屋面，门窗雕花。该居先由孔氏家族居住。后张澜先生在此设署衙。再后来国民党29军军长罗廼群看中此院，长期居住于此。新中国成立后，四川省原副省长刘纯

| 宋家坪老房子旁的地窖 | 宋家坪老房子的正大门 | 老院子多选在靠水的地方 |

隐藏在绿林之中的王家大院

南部王家大院

住在一个院子里的人

影像南充：
渐渐远去的乡愁

住在陈家大院的老夫妻

夫也在此院居住过。现在孔家大院已被政府收购，成为国有资产。

　　一部建筑史就像人类的一部石头书。建筑刻录着人类社会生活的痕迹，是人类不同时代政治、经济、文化、艺术风采的重要见证。不论是古典建筑还是现代建筑，都是经济发展聚能的产物，是人类智慧的物化结晶，是思想与外在自然对话的成果。川北的老院子，是人们研究和了解川北人文历史的一个有力见证。

　　南充人把有院坝的房子叫大院子或老院子。这些老院子无论在选址、用材、布局、功能上，还是建筑上都明显地呈现出本地的文化偏向。再加上"湖广填四川"等特殊的历史渊源，它们又呈现出不一样的个性特征。这些文化偏向与个性特征相结合的房屋建筑，让南充境内的民居有了非常显现的式样。这种式样也成就了川北民居典型的地方特色，石木结构、四合布局、内外有别、高地基、高堂屋、大院子、小厢房，长幼有序，共檐通室，功能齐备……它们在四川民居史上独树一帜，具有较高的历史和艺术价值。这些散落在乡间的老院子，随着城市化的进程和社会的发展，在我们的视线中变得越来越模糊、越来越破败，渐渐隐入尘烟。当我们采访生活在这些老

乡村里留存的老院子 　　　　　　　　宋家坪老房子门前

宋家坪老房子的两层结构 　　　　　　宋家坪老房子的木门

院子里的人们时，仿佛又听见老院子里那曾经的欢声笑语和锅碗瓢盆交响曲。曲终人散，而文化的韵致始终蕴蓄在老院子保留下来的一草一木里，时光知味，历久弥香。

"琼楼玉宇"里的智慧

撰文：黄世辉

摄影：黄世辉

"琼楼玉宇"体现了人们对居住环境的美好向往，也是人们对古代建筑的美好描述。岁月沧桑，在历史的长河中，民间能够保存到现在还比较完整的古代建筑，有庙宇、道观、教堂、清真寺等宗教场所。

这些地方因其精神寄托功能，受到老百姓的保护和培修。在民间调查拍摄期间，

南充西山上的安汉楼

传统建筑 ◆

阆中永安寺大殿正门　　　　　　　阆中永安寺正门

阆中永安寺守护人　　　　　　　永安寺的屋檐

阆中永安寺内全景　　　　　　　永安寺里的大柱

043

我们经常可以看到有些窗户、雕花等上面还覆盖着一层厚厚的泥巴，老百姓用自己的方式让这些精美的艺术品得以完整地保留下来。随着历史的进步，这种保护和培修又不可避免地融入了中国的传统文化，有的甚至成为中国传统文化的继承和改良。例如，对佛经的解读早已超出了佛经原有的教义，融入了中国民众的生存智慧和人生哲理。因此，很多道、观、庙、寺等融佛、儒、道等多元文化于一体，也更彰显了当地的特色。这些地方用当地老百姓能懂的语言和形式来传达儒、释、道的思想精髓，通俗易懂，深受百姓喜爱。

南充境内的道、观、庙、寺等建筑规模不大，但各有特点，且地域风格明显。那些"琼楼玉宇"里，既与中国传统的建筑一脉相承，又比较真实和艺术地体现了南充人的智慧和高超技艺。这些建筑，有些被列入国家级、省级重点文物保护单位，也有未被列入的，它们由民间自行保护或由相关宗族指定人来保护。

七宝寺南池书院的木结构

修缮一新的七宝寺内景

七宝寺全景图

传统建筑◆

西山栖乐寺全景

七宝寺入口处的牌坊

045

影像南充：
渐渐远去的乡愁

蓬安文庙修缮一新的正面

西山万卷楼景区

蓬安文庙正大门

西山栖乐寺一角

一座一座的古庙、古寺、古观仿佛从历史深处走来。看着这些建筑，人们的思绪早已飘到了修建的那个年代。一群人，开始筹划，着手准备，请来能工巧匠绘图，派人购买材料，有的还需要请示政府，汇报如何修建。完成了准备工作后，还要择一良辰吉日举行奠基仪式，请来德高望重的先生勘验地形、规划布局、选定朝向、敬神祭地，待一切流程顺利完成，方才破土动工。待到楼宇落成，还要上梁鸣炮，庆贺修建完成。有的雕舫画工还要长年累月地持续为古建的装饰下功夫。

在那个年代，有很多建筑的建造是现代人无法想象的，至今仍是一个谜。阆中水观镇的永安寺，始建于唐末，经历宋、元、明、清多次修缮，才有了如今我们看到的规模。寺中的所有建筑、藻饰、石雕、木雕、泥塑、绘画，构成一个整体，所涉技艺均臻上乘。其八字山门、弯料梁观音殿、厢房穿斗、元代大殿等建筑具有很高的历史价值、艺术价值和科学价值。据古建专家鉴定，其建筑艺术优于陕西之永乐宫、峨眉之飞来殿，是研究四川元代建筑的重要实物资料。经常有全国各大名校建筑系的学生到这里来学习考察。听守护人介绍，清华大学建筑系的学生来过两次，一住就是七八天，详细考察学习永安寺的建筑艺术特点和成就，追索古人的智慧，然而在"文化大革命"时期壁画、塑像损毁，令人痛惜。

令人痛惜的还有高坪走马乡的隐珠寺。该寺于2002年被列为四川省省级文物保护单位。修建于明朝，史料记载其始建于1451年，至今已有500余年的历史了，清代对其进行了增建。原建筑分大殿、中殿、前殿，以及连接中殿、前殿的南北厢房，是研究明清古建的实证资料。站在大殿前，飞檐如大鹏腾飞，巨大的立柱巍然屹立，历经风雨的斗拱精美绝伦。这些景象会把观者的思绪带到设计和修建它的那个年代。能工巧匠们用智慧和汗水、勤劳和勇敢、毅力和笃行，打夯、钻孔、弹墨线、垒砖、穿梁，日积月累，为的就是给后人留下一座积德善行的场所、一座展现先人们高超建筑技术的艺术品，为后世万代传递智慧和技艺。古人在技术和材料都受到极大限制的年代，用毕生的精力和时间去完成一座建筑，这需要多么强大的精神和毅力，需要多大的勇气和决心！

南充著名古建还有阆中的汉桓侯祠，即张飞庙。其始建于三国时期，在历代屡经兴废。现存建筑为一处明清时期重建的古建筑群。主要建筑有山门、敌万楼及左

西充文庙前的牌坊　　　　　　　　　　　　　　牌坊上的文字

右牌坊、大殿、后殿、左右厢房、墓亭。整个建筑布局严谨，气势雄伟，环境幽雅宜人。该庙现存的各建筑本体、构件、装饰都是历史遗存，特别是其用材、用料及施工手法、装饰用具与四川传统相结合，是研究古四川传统建筑、民俗民风的重要历史资料。建筑整体依山取势、高低错落、主次分明，体现了古建筑早期的规划思想，它将张飞的性格特点、阆中的人文特点等巧妙融合，因此具有较高的参考价值，是研究南充早期建筑的重要实证资料。

蝙蝠如福，嵌入窗角，推窗即得；莲花似廉，刻入石碑，励教后人；泰山石敢当，置入墙基，不畏生死；牡丹富贵，画入壁面，彰显性灵；张飞无敌，刚强正直，以匾拒敌……这些隐藏的智慧和历史信息，真实地反映了人们对美好生活的向往和追求，也反映了南充匠人们高超的技艺和聪明才干。

大美难尽言。无论影像还是文字，终究难以尽显古人智慧。我用影像来留存这些古建筑，不过只是历史长河里的一朵小小的浪花，却让我得以与古人在建筑、文化、民俗等层面有了可以交流的话题，也让我从中明白很多道理。

宗祠里的故事

撰文：黄世辉

摄影：黄世辉　张景轩

人海相逢初相识，尘世开口问姓名。在民间，人们初次见面，彼此往往都会问："您贵姓？"

中国的姓氏，起源于村落或部落，往往跟君王的封地、官爵有关。"五百年前咱们是一家"，说的是同一姓氏可以追溯到同一个祖先。在乡下，村落至今保留着用姓氏来命名的习惯，像韩家院、陈家集、杨家大寨、胡夏湾、华邓嘴……就胡夏湾和

马氏宗祠正面

从空中看马氏宗祠所处位置

华邓嘴来说，大概率村里姓胡、姓夏以及姓华、姓邓的居多，这些姓氏是村里的主要姓氏。

　　家国天下。在国人的心中，家就是最小的国，国就是千万个家。一个姓氏往往代表着一个家族。一个家族，往往都有一个祠堂。这个祠堂，就是供奉祖先牌位的地方，就是祭奠缅怀祖先圣贤的地方，就是记录本姓氏历史的地方，就是存放家谱的地方，亦是解决族人矛盾纠纷的地方。

　　在南充境内，有关祠堂的建筑已所剩不多。其中，保存完整的就更少了，很多都已破烂不堪，杂草丛生。保存相对较好的有南部建兴的陈氏祠堂、顺庆的罗氏祠堂、西充（双江）的蒲氏祠堂、仪陇马氏宗祠、普岭张氏祠堂、营山濂溪祠等。

　　宅前祠堂供先祖，祖德传承自古昔。既要体现供奉先祖的肃穆，又要传承良好的家族风尚与祖宗德望，祠堂的修建在选址与格调上就尤为重要。人们把祠堂建筑的选址、朝向、形式、布局等要素，与家族的兴旺发达联系起来，与天地人联系起来，要体现天人合一、顺风顺水。因此，祠堂一般选在地宽基平、依山傍水、交通方便、景色优美的地方，与大自然融为一体。祠堂的外观、空间、装饰及布局，虽因各族的富裕程度、参与修建的人数、筹集募捐所得资金数量、匠人的技艺水平、当地的风俗不

马氏宗祠正面

马氏宗祠大厅结构

马氏宗祠神龛

马氏宗祠门头复杂的内部构造

马氏宗祠后外墙

同而不同，但明堂宽大、左右平衡、四势匀和、方正肃穆是基本要求，体现的是庄重、严肃、敬畏之感。

在南充，祠堂的修建是本家族最大的事件，是全家族智慧和力量的象征。有钱的出钱，没钱的出力，无钱无力的守堂。谁没有出钱出力，会遭到全家族的轻视和排挤，也会让其后人背负骂名。祠堂修好了，要立功德碑，记录修建的历史和为修建祠堂出钱出力人的名字，以昭告后人。祠堂亦是明圣贤、知兴衰、晓大义的地方，也就是讲德说理的地方。一句"让先人们评评理"，往往能化解民间的许多矛盾。

新中国成立后，南充境内的祠堂大多失去了原有的功能。很多祠堂成了本村的公共场所或办公地点，或集中分配给部分村民当住所。祠堂也就住进了外姓人家，渐渐地淡出人们的视线。如今，只有那些叫习惯了的祠堂名字，还能够被人记起。近几年来，随着人们物质生活的改善和丰富，一些地方的大家族重新开始重视祠堂。他们重培重修祠堂，使其恢复原来风貌，在清明节

马氏宗祠戏台屋檐

嘉陵区世阳镇王氏宗祠

嘉陵区世阳镇王氏宗祠戏台

仪陇柴井乡黄氏宗祠

仪陇柴井乡黄氏宗祠内的天井 　　仪陇柴井乡黄氏宗祠内部结构

053

影像南充：
渐渐远去的乡愁

南部建兴陈氏宗祠正门　　　　　　马氏宗祠左侧梯步

等重大节日或家族内发生重要事件时，召集全族人员在祠堂聚会，让后代彼此熟识；续写家谱，延续根脉，让族人们知道自己从何而来，也知道自己的先人们为何而去。一座祠堂也就是一部历史，记载着一个姓氏的兴衰荣辱，记录着人间世道的变化，浓缩着个人与家族对社会、国家乃至世界的情感和认知，是一个人格物致知、诚意正心、修身齐家甚至治国平天下的开始。祠堂的故事和情结，贯穿着整个姓氏家族和生命的全过程。

　　木枯于根断，水竭于源尽。若无宗祠谱系叙述家族古今，后人从何处知晓宗族根脉所在？令人叹惋的是，随着时代的进步和城市化进程的加速，祠堂渐渐淡出人们的视线，特殊的宗族影响也越来越小，甚至随着祠堂功能的衰退即将消失在滚滚的时代车轮里，变成老人们口口相传的故事。

宝塔，依然屹立

撰文：黄世辉
摄影：黄世辉

如果说起最能让南充人想到的标志性建筑，那肯定是位于高坪鹤鸣山上的宋代白塔——无量佛塔。这座历经千年的佛塔，见证了嘉陵江边这座城的发展变化和沧桑过往，也见证了这柔美江边多少的悲欢离合、爱恨情仇。

塔，据说是随佛教而传入中国的，而这个字的组成也跟佛教的梵音有关。不过，塔传到中国后，融入了博大精深的中国文化，有了更多的意义和象征。

阆中白塔

影像南充：
渐渐远去的乡愁

从另一个角度看万民宝塔

从另一个角度看阆中白塔

滕王阁前的无量塔（正面）　　滕王阁前的无量塔（侧面）　　　　滕王阁前的无量塔（局部）

民间俗语说："天王盖地虎，宝塔镇河妖。"有江有河的地方，就有宝塔。在河水泛滥、江水湍急的地方，人们会修建一座标志性的塔来指明航向，引起人们的注意，让其小心行船和过渡。修一座塔，保一方平安，是老百姓们最朴素的想法。

在南充境内的嘉陵江边，修建的宝塔就有几座，除高坪的白塔外，还有阆中的白塔、南部的文笔塔、营山的回龙塔。而在蓬安，人们没有修塔，却修了一座跟塔造型基本相似的财神楼。随着嘉陵江的梯次开发，这些塔的实用意义正在逐渐消失，而其象征意义、历史印记正在不断地呈现。关于这些塔的前世今生、美妙传说，就更能激起人们的兴趣和喜爱。

高坪鹤鸣山上的白塔，又称无量佛塔，修建于北宋建隆年间，至今已逾千年。它与嘉陵江大桥相映成趣，是南充城的标志性建筑。白塔呈四方体，用青砖砌成，共有13层。可以从塔底塔门进出，沿塔内中心的楼梯一直爬到楼顶。从第2层开始至第10层，外墙的壁内砌有小龛，每个小龛里有佛像一尊，共有108尊。该塔历经千年风雨，依然坚固牢实、雄伟壮观，其造型之独特、工艺之精湛，自古少有。在我的印象里，白塔以前还处于开放状态，游客可以进塔参观，就算坐在旁边的茶亭品茶，也可以听到塔铃的声音，思绪飘向那遥远的远方。

西充县紫岩乡油井寺村的万民宝塔，修建于清乾隆年间，为楼阁式七层四方石塔。据说，历史上油井寺村一带水患频发，为"镇河妖"除水患，故村民于河边建塔。塔内设有石阶，可登至塔顶。塔刹为葫芦宝顶。塔身内外多有铭刻，还刻有捐资

万民宝塔塔身

万民宝塔（内景）

万民宝塔内部雕刻

万民宝塔内部结构

西充的万民宝塔

修建和培补的年代和施工人员。各层正面开有窗洞，可供临窗远眺。各层门额分别刻有"佛光永镇""另有重天""蓬莱仙境"等字样。万民宝塔虽是佛塔，却未供奉佛像和经卷，原因不详。

阆中也有一座白塔，它就是位于大象山的文笔塔，人们也习惯称其为白塔。它矗立在嘉陵江边，登上塔顶，阆中古城尽收眼底，因此，它也成为摄影爱好者经常去拍照片的地方。即使在阆中城里，也可以遥遥地看见矗立在山上的白塔。特别是晚上，加上夜景灯的造型，白塔更显高耸。白塔呈八边形，外有11层，内有6层塔室，修建于宋代。2008年汶川地震中，塔被拦腰震塌，而阆中人立即行动，当年就将其完全修复。这也是当年第一个修复完成的古迹，极大地鼓舞了灾后重建工作。

阆中市里还有一座塔，十分有名，就是位于城北玉台山滕王阁前的唐代喇嘛式佛塔，人称玉台山石塔。这座石塔既可远观，亦可近赏。它曾被汶川地震所毁。原塔是用石材雕刻，分为塔基、塔身、塔刹三个部分。塔基为两层平面的梅花瓣方形构件重

影像南充：
渐渐远去的乡愁

夜光中的千年宋代白塔

叠组成；塔身为覆钵形，像一个倒悬的葡萄酒杯，中间正中朝南开一船形龛，龛内浮雕结跏趺坐佛像一座。整体造型十分优美，雕刻精美，佛像、莲花、梅瓣精美绝伦，具有极高的美学价值。石塔修复后，加固了外亭保护。由于年代久远，塔上的雕刻和图纹风化严重，变得模糊不清，但远观之，其雄峻、挺拔、优美，仍令人叹为观止。

在营山县城，有一座塔叫回龙塔，是营山县的地标性建筑。因其体表粉白而被称为"白塔"。营山"白塔"距今已有两百余年，是由营山县令杨尚容在道光四年（1824）下令修建的。塔身为砖石结构，呈六边锥体形，是九级楼阁式塔，通高33.2米。塔身用青砖砌成，砖上模铸"三星塔"三字。

该塔还有一个美丽的传说：相传杨尚容做县令时，听说营山人才辈出，代代都有才子，却始终无法走出营山成就大业。他便站在县城制高点观察，思索因果。他发现县城形若船，南、北河环绕。营山文运不畅是船无桅杆不能靠岸所致。于是，他决定在城东修建此塔。塔修成后，营山连续三年出了九个翰林，这也与此塔九层横额"文运出震"相呼应。当然，这只是传说，因为传说的影响，营山代代有人才、处处有进士，成为一段佳话。

塔，因其独特的建筑造型，而成为一种范式。自佛教传入我国后，塔被赋予了更多的意义，衍生出灯塔、木塔、石塔、钟塔、宝塔、纪念塔等。又因其有顶、有身、有层、有级、有基，被赋予了更多的社会意义。因此，依然屹立的塔，既是标志，也

营山白塔

是历史;既是文物,也是艺术;既是寄托,也是归宿。浓缩着社会、宗教、历史、文化、艺术元素于一身的塔式建筑期待更多的学者去研究和挖掘。

塔影依稀浮云外,树荫斑斓落照间。可惜的是,在果州大地,依然屹立的塔是越来越少了。

南充的老街巷

撰文：黄世辉
摄影：李永平 黄世辉

南充市的川主街、下河街，你还记得吗？

我记得！那是两条相连的很窄的小街，从现在的孔迩街一直向嘉陵江边走，走到转弯处，向右下坡是川主街，向左上坡是下河街。下河街上有火炬社、综合资料店、轮船公司和造船厂。川主街的街头有一栋两层楼的房子，形似吊脚楼，有共用的走廊和厕所。我就住在这栋房子上二楼的第一间，站在门口就可以看到嘉陵江，长长的江

蓬安县周口老街上错落有序的房屋

高坪区龙门文凤街 　　　　　　　　　　高坪区龙门杨家街

高坪区龙门禹王街 　　　　　　　　　　高坪区龙门街文凤街

岸线直接延伸到楼下。无论春夏秋冬，这里都是人们亲近嘉陵江的进出口。

当年，每天清晨，很多妇女用背篼背着脏衣服，手里拿着棒槌、搓衣板到江边洗衣。到了夏天，这里也是人们下江游泳的好地方。我也喜欢独自到江边漫步，或走或停，或急或缓，既可以观江景、看帆船，也可以跟江边洗衣的妇女聊天，或与在钓鱼的大哥一起静坐，还可以玩水打水漂。兴趣浓时，脱了鞋子下到江里，享受江水的亲抚和流动。那种记忆与感觉，至今依然清晰。

川主街的尽头就是为激励民众抗日救亡而雕刻的"抗战到底"四个大字。这四个大字就写在石块垒起来的墙面上，字体大且深，非常醒目。这四个大字雕刻的墙面，据说是南充古城墙小南门的城墙。如今，这两条街已经在城市的建筑中离我们而去，

空中俯瞰周口老街

老街　　　　　　　　　　　　　　　　　　　　　龙门文凤街

南门坝老街

原大南街

仅剩的四个大字，几经折建，现迁建于南门坝生态公园内。

现代化的大城市给人们带来优美、宽阔、方便的生活环境，也使城市的功能更加完善。现在的滨江大道亦成了南充市的标美大道。旧的城市和街道是历史和人文的见证。留存在记忆里的街道，亦是曾经生活和记载时间的标志，令人难以忘怀。

一座城市中，街道的名字往往带有很深的历史痕迹。茧市街、禹王后街、仪凤街、大南门、都尉路、川主街、孔迩街、三公街、红墙街、鸡市口、马市铺、龙王街、长生巷、解放街、长征路、模范街、延安路、青年路、西藏路、红卫兵花园等，这些带有很强的文化意蕴与时代印记的街名，其起源和故事，就跟它的名字一样，有来头。如红卫兵花园，后称人民花园，其历史印记明显。花园中心是一座嘉陵江少女雕像，一位长发美女斜坐在江边，正用江水清洗秀发。那神态、那姿势、那动作，犹

影像南充：
渐渐远去的乡愁

如西施浣纱般美丽动人。每每华灯初上时，美丽的少女笼罩在喷泉的灯光之中，楚楚动人，让人流连忘返。现在，因城市建设，这座雕像已移至嘉陵江边。

　　一座城市的历史往往跟这座城市的街道有紧密的联系。南充是川北的重镇，亦是川北行署的所在地，走出很多名人，也有很多名人曾在南充学习、工作过。这些街道往往承载着厚重的人文历史，诠释着市井的平凡日常，也真正能代表地地道道的南充味道，但在南充主城区内剩得不多了。那些老街巷，带着历史印记，总能让上了年纪的人想起很多故事和传说来。

　　我记得当时的长征路、延安路就是老工业路。用今天的话来说，一条路就是一条绵延且完整的产业带：在这条路上，有绸厂、罐头厂、内燃机厂、冷冻厂、螺丝厂、面粉厂、纺织厂等。街道一边是厂房，另一边是宿舍，非常热闹。走在街道上，你可以听到机器的轰鸣声，还可以闻到宿舍里飘出来的饭菜香。这两条路也是那时候全市

原南充孔迩街

原南充老街

蓬安下河老街一角

延安路上的老公交车站台

正在搬迁的红卫兵花园（嘉陵江女神）

蓬安下河老街

晚上最热闹、最亮堂的地方。南充市的第一条公交车线路——1路，就是连接这两条老工业路与市中心五星花园的，也是收车最晚的公交线路。就连公交站台也是用厂的名字和标志修建的，既是广告，也是路标，很有历史感。

然而，像这样的街道已经不多了。上百年的老街道更是不容易寻找了。我不知道，这样是好还是不好。新旧交替，街巷迭变。高度发展的城市建设和人类文明，是不是一定要让陈旧、古老的街道不复存在？

绸都遗韵

撰文：黄世辉
摄影：黄世辉　张景轩

绸都，是南充的美誉。

古老的南充大地，自古以来，就是人们种桑养蚕的绝佳之地。千亩桑田，万家养蚕，为南充人民带来精美绝伦、享誉世界的丝绸产品。从市到县，从县到乡，从

阆中绸厂老厂房

影像南充：
渐渐远去的乡愁

绸厂职工宿舍

绸厂独幢职工宿舍

居住在老宿舍的住户

美亚绸厂医院

原绸厂宿舍

南充绸厂家属宿舍

原绸厂职工宿舍（无人居住）

进入绸厂职工宿舍大门

历史的遗迹 　　　　　　　　　　　　　织布机台面

车间配电箱和缝纫机 　　　车间里的标语 　　　车间里的一角

乡到村，家家种桑，户户养蚕。那黑黑的小点，慢慢变成白胖胖的蚕虫，然后"作茧自缚"，产出的银丝，晶莹剔透，细柔顺滑，美不胜收。一片桑叶，连着千家万户；一根蚕丝，串起五湖四海；一段绸锦，惊艳世界。更有那叫响川北大地的"丝妹儿""绸妹儿"，是对丝绸工人心灵手巧、美丽勤劳的赞誉。让许多人羡慕和回忆的

影像南充：
渐渐远去的乡愁

纺织女工

纺织车间

六合往事

是：每天早上，一大群头戴圆白帽、身穿白色工作服的丝妹儿、绸妹儿下班回家，窈窕多姿地走出工厂大门，那气势、那笑容、那身段是那时南充清晨里最靓的一道风景。

为此，南充从1990年至1994年，连续举办了5次"中国·四川·南充丝绸节"，每年吸引外商5000多人。活动期间，举办大型丝绸展览、丝绸时装表演、名特新优商品展示，以及丝绸影展、灯展和书画展，盛极一时。

然而，时光移换。今天，当我们再次回看这些南充丝二厂、丝三厂、绸厂、锦纶厂时，记忆是那样的清晰，而视界却已模糊。

位于高坪都京镇的丝二厂，被誉为"世界丝绸源点"，现为南充的丝绸博览园，是市民游玩的景点。漫步厂区，追寻那过去的岁月，可见曾经的繁荣和辉煌。丝二厂1978年的厂值便达9000万元，1990年突破亿元。其生产规模在当时堪称亚洲第一，是亚洲最大的"万人工厂"。当年南充农业收入的一半来自栽桑养蚕，南充工业的半壁江山属于丝绸产业，每4个城里人就有2个"吃丝绸饭"。当时，到丝二厂购丝的商家络绎不绝，工厂周围常常都是车水马龙。生产的繁荣，产业的兴旺，也让丝二厂的"丝妹儿"们挺直了腰杆，小伙子们也以找个"丝妹儿"耍朋友而自豪。

位于平城街的丝三厂，再也找不到以前的踪影。丝三厂的原址变成了南充重要的

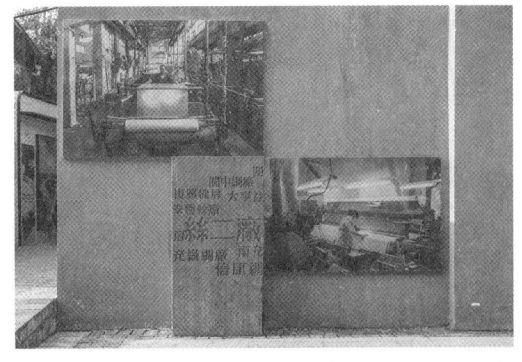

现代打造的丝绸文化墙　　　　　　　　　　　　　　丝二厂旧址

丝绸厂的雕刻和电影院　　　　　　　　　　　　　　力织三车间

建材市场。丝三厂，曾经叫"丝四厂"，后来改名为"丝三厂"、南泰集团，但人们还是习惯叫"丝三厂"。丝三厂是由1915年南充富商常德源与朋友乔纪六、何慎之合伙开办的"吉庆丝厂"逐渐发展而来。1915年，吉庆丝厂的"醒狮牌"生丝获得巴拿马万国博览会金奖，让南充丝绸赢得世界级声誉。20世纪90年代是丝绸行业最鼎盛时期，丝三厂有职工3000多人。那时，也是平城街最热闹的时候。同丝三厂一样，被人们记住的还有"丝三厂"时装模特队。这支由女职工组建起来的业余时装模特队，多次代表南充下重庆、到深圳、进北京参加时装表演，为宣传南充丝绸、展示绸都秀美做出了贡献。

　　位于延安路的绸厂，现在已变成高档住宅小区。绸厂那美丽壮观的大门也只能在照片里看到了。龙门镇的锦纶厂，依然还在那里，可已是人迹罕至、门可罗雀了。

　　历史有时候真的会捉弄人。时代的发展、社会的变迁、市场的兴衰，往往是不

影像南充：
渐渐远去的乡愁

老车间一角

丝绸女工

捻丝职工

正在上班的纺织女工

以个人的情感为转移的，也是人类力量无法阻挡的。时光流逝，往复更替，当我们去回顾那一段历史的时候，多了些感叹和无奈，也多了一些永远也无法验证真伪的故事和传奇。时光的步伐永不停歇，新的绸都企业正在一个一个地发展壮大，新的机械设备正在一代一代地更新，新的时代也正在孕育新的故事和传奇。每一代绸都人都有自己的故事和传奇，涌入记忆之中的各不相同，但我知道，这些故事和传奇都跟丝绸有关，跟绸都有关，跟"丝妹儿"有关，耐品味，长流传……

传统技艺

翻山越岭来娶你：翻山铰子

撰文：马云骓
摄影：黄世辉 张娟婷

上下翻飞，舞姿矫健，乐声铿锵，喜庆祥和，场面火爆。这是翻山铰子演出现场的实况描摹。

翻山铰子是一种融音乐、杂技、舞蹈于一体，流传于南充营山县的，挥舞和敲击铜镲（民间对钹的称呼），伴以唢呐吹奏的民间综合艺术。唢呐是这种表演的主奏乐器，镲是表演道具兼乐器。随着甩镲动作的变化，翻山铰子演员或前俯或后仰，或屈

表演班子的全家福

膝或弹步，灵活摆动两肩，结合两镲相碰的节奏而舞。

　　翻山铰子之所以被叫作翻山铰子，众说纷纭。按照翻山铰子第五代传承人吴明远所说，翻山铰子表演者手中的两镲被称作"铰子"，是民间约定俗成的"因形定名"。因为它们合拢后与人们常吃的饺子外形极为相似，又是金属质地，故被称为"铰子"。第二种说法：在新中国成立之初，人们为了表达翻身做主人的喜悦，将这种表达喜庆欢悦的表演形式叫作"翻身铰子"，后来才改称"翻山铰子"。第三种说法：因为表演者的动作忽上忽下、左右翻飞，状若翻山越岭，所以被称为"翻山铰子"。最后一种说法：翻山铰子之所以叫"翻山"，是因为其表演流行地区是山区。旧时，南充许多地方的乡村有"离了和尚不念经，离了铰子不送亲"之说。山里人在迎亲和送亲时，翻山铰子表演者就行进在办喜事队伍的前头，带头翻山越岭以壮行色。

　　无论哪种说法，翻山铰子都经历了一个由娱乐鬼神到娱乐世人的过程。旧时，铰

多面手

表演的配器

传承

翻山铰子的配器 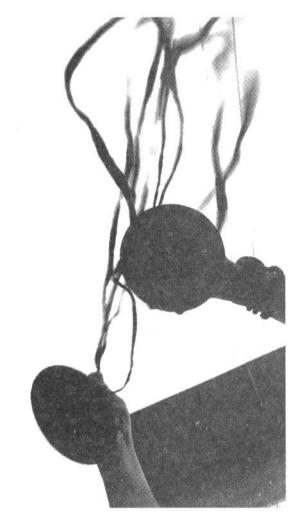　　翻山铰子（一） 　　翻山铰子（二）

表演翻山铰子是个体力活 　　　　　　　　　　乡村乐队

子这一民间乐器曾是端公作法的法器。在祭神、驱邪等活动中，端公舞动翻山铰子，用优美的舞蹈动作和响亮悦耳的音乐来使邪祟不再危害百姓，从而帮人们祈求平安健康。这种方式叫作"杠神"。早期的民间翻山铰子艺人——清末龙岗乡金光村的苏兴太就是一名端公。他与李明亮师兄弟二人大胆地对翻山铰子进行创新改造，将本来用于祭祀等活动的翻山铰子表演带到了婚嫁、祝寿等喜庆场合。经过他们的传播，翻山铰子实现了由娱神向娱人的转变，被民间婚礼、祝寿、丧葬等活动广泛采用，成为承载各地风土人情、生活习俗的民间文艺载体。

翻山铰子在营山的传承至今已有一百六十多年的历史。根据营山老林区翻山铰子

影像南充：
渐渐远去的乡愁

观看表演的老人家

围观的人群

在板凳上表演

难度动作

老艺人谢元照等人的表述，清代咸丰年间营山县有一位名叫聂信忠（人称聂老五）的人到今巴中市平昌县做生意，从平昌县七涧岩（一说七洞岩）的一位姓漆的民间翻山铰子艺人那里学会了表演翻山铰子。漆姓艺人也就成为营山翻山铰子的祖师爷。在清末，聂信忠艺成后返回营山县老林区的明德乡，开始在营山县境内传播翻山铰子表演技艺。

营山翻山铰子动作反复、动态对称、节奏均衡，可伴奏，也可在农村院坝为乡民做专场表演。铰子或独奏或与其他乐器合奏，声音翻山越岭，将喜庆的气氛送达人们的耳际心扉。所以，在山野乡村的婚礼中，它成为迎亲的乐舞选择。随着旋律优美的声声唢呐、节奏分明的点点鼓声，表演者们簇拥新郎，两手各执一铰子，用轻击、重击、磨击、扑击等手法，做出翻、擦、担、卷、击等各种表演动作，随接送新娘的抬货（四川多数地区叫陪奁）一边走一边表演，隔着山头向人们宣告喜庆消息。在随后的婚礼主要进程中，都会有铰子队热情洋溢的卖力表演。

在改革开放前，翻山铰子只有"雪花盖顶""黄龙缠腰""二龙抢宝""扑地金莲"等简单的表演动作。从表演器具绳索长短来看，旧时的铰子为"短绳铰子"；从表演场地来看，则是"平地铰子"。当代民间艺人推陈出新，创作发展出"长绳铰子"，还在平地铰子（在院坝、堂屋、平地上表演）的基础上，创造出"平台铰子"和"高台铰子"（艺人们在方桌、长凳之上上下翻转表演，腾挪跳跃，将翻山铰子表演的惊、奇、险、美全面展现），甚至还衍生出了异形铰子（艺人双手把持一副铰子，腰间绑缚一副铰子，或在双膝之间再绑一副铰子，表演时演员手持一副铰子击打腰上和双膝间的铰子，动作难度较大）。当代铰子表演有"跑马射箭""苏秦背剑""苦竹盘根""青蛙晒肚""老生拜月"等二十多个动作。铰子在表演者前后左右上下各个方向翻飞旋转，时而被甩过头顶，时而绕腰穿胯；铰子系带被反复收短或放长；铰子声响忽大忽

双人表演（一）

双人表演（二）

两人表演板凳翻山铰子

小；表演者动作活跃、欢快、自由，再加上其从容不迫、幽默风趣的表演风格，令人心醉神迷。从乐器种类来看，翻山铰子由旧时单一的铰子表演到唢呐、小鼓、小锣、

影像南充：
渐渐远去的乡愁

包锣、长短箫、笛等乐器的合奏，音乐表现力显著增强。从表演曲牌来看，老艺人因为不识曲谱，只能紧跟师傅吹奏〔南瓜调〕等老曲牌。在当代传承人吴明远的表演活动中，不仅有〔花引子〕〔南瓜花〕〔丝瓜花〕〔浪淘沙〕〔常阴调〕等三十多个曲牌名，还有当代流行音乐演奏。从表演人数来看，翻山铰子由面具铰子发展到单人铰子，进而发展成双人铰子及多人铰子。

"因为爱你，所以翻山越岭来娶你！"这是民间婚庆中用翻山铰子表演来表情达意的真实写照。人们有理由期待：欢快热烈，刚健粗犷，并在婚礼、庆典等不同场合中散发光芒的翻山铰子将会与时俱进，保持其旺盛的生命力，继续生动反映人们新时代中的喜乐欢愉，在各类舞台上持续散发无穷的魅力。

唢呐手

锣乐

捶打敲击中的铁火岁月：铁匠

撰文：马云骓
摄影：黄世辉

千锤万击，铁花飞溅，年复一年，挥汗如雨，这是蓬安周子古镇下河街年过五十的铁匠唐再文四十多年从业经历的常态。

相传，民间最初的铁匠炉就是流落民间的太上老君的炼丹炉。因此，千百年来，铁匠奉太上老君为祖师爷。按照铁匠行内的说法，老君打铁时还没有锤子、砧子和风

打铁的生意日渐稀少

083

影像南充：
渐渐远去的乡愁

打磨

打铁的炉火

焊接

铁花

箱等工具。这可难不倒神通广大、曾为各路神仙打造无数神兵利刃的老君。他以手夹铁，以拳为锤，膝盖为铁砧墩，即所谓的"口做风箱手做钳，磕膝头上打三年"。

墙体黑黢黢，地上油腻腻，四处散布的铁屑散发着蓝荧荧的淡光。这些，都是铁匠铺子随处可见的情景。那些曾经辉煌、火花喷溅与生意忙碌的日子里，烟火起，映照小铺子，也为人间万家增添日常所见所用的器具。大锤、手锤、钳子、砧墩、栽子、平锉……铁匠的工具为打制人们生活中所使用的铁制品而置办，林林总总数十种，被放在匠人自己最熟悉最顺手的位置。匠人随手取来，有序使用。不同的器型得用不同的打铁工具打制。同样名称的工具，往往也会细分成若干种，仅就钳子而言，就有抠钳、扳钳、弯扳钳等。

满足人们的生活与生产所需，是铁匠制作铁器的中心与重心。犁、锄、耙、镰

打铁的铁锤 　　　　　　　　打铁细功夫 　　　　　　　　找打铁师傅帮忙

发黄的营业执照

让我们看以前摄影家拍的作品　　　　　　打造的日常工具

影像南充：
渐渐远去的乡愁

等，与生产过程及劳作类型一一对应。勺、铲、钉、刀、门环、门插等，则为人们日常生活所必需。仅就铁匠打制的刀而言，就有菜刀、划篾刀、弯刀、镰刀、刨刀、铡刀、剪刀、杀猪刀等。同一类铁器中的每一件物件打造，绝非简单的一次次复制，看似相同，却绝非完全一样。可以说，每一件作品，都融入了匠人的心力与经验。捡料、烧料、锻打、定型、加钢、淬火、回火，高温加热与锻打成型，每一道工序都不敢马虎。一旦走形变样，便前功尽弃，只有回炉重打。铁匠师傅要有看火观形的眼力，重打轻敲的劲道与力度——都得拿捏精准。所谓"铁匠没样，边打边像"说的不是铁匠打制过程的随性，而是他们工作时的胸有成竹。

铁匠铺子整日里烟尘弥漫、火星飞溅，更显凌乱老旧。一颗铁星溅到身上，往往会烫破衣物甚至烫伤皮肤。所以，也有俗语"铁匠不穿好衣衫"。他们的衣服，必须厚实耐磨耐烫。打到紧要处或兴致来时，铁匠往往精赤着上身，腰系厚厚的护裙。半

等修工具的客人

为镰刀锉口

扫码收款

身虬结的肌肉显眼，随着打铁的动作在皮肤下或条或块地颤动。从这个角度看，铁匠就是民间专业的"撸铁者"。

唐再文的铺子只有二三十平方米，有点小，但"五脏俱全"，制作铁器所需要的器具与功能区完备。多年的打铁生涯让他手上的皮肤显得干枯粗糙，裂纹、老茧甚至烫疤清晰可见。

兄弟俩要互相配合

制作每一件铁器时，唐再文都要用铁钳夹起烧得滋滋冒火星的铁坯移放到大铁墩上。他右手掌握主锤，根据自己的经验用左手持铁钳调整铁坯的锻打位置。副手持大锤，在唐再文无声的指点中默契地大力配合锻打。主锤和副手，均要做到心到意到，眼到手到。大锤打毛坯，小锤管指挥。他们手中的大小铁锤此起彼落，锻打的节奏鲜明。坚硬的铁坯变成粗坯，或方或圆，或扁或尖。再经过多次回炉加热，多次锻打，铁器成品逐渐成形。尤其是在淬火阶段，更要讲究眼力见儿。民谚道：说话看脸色，打铁看火色。铁匠眼里三色火。一般的高碳钢要见黄火，通用钢见红火，低碳钢见白火青火。白火时铁质硬脆，黄火时绵软有韧性。原料的材质、烧制的程度、看火淬火的时机都在铁匠师父的眼里心底。

打铁的兄弟俩

打铁匠的招牌

唐再文十岁时师从父亲开始打铁生涯。一万五千多天烟熏火烤，进出铺子的主顾与他做过的铁器都不计其数。出身于打铁世家的唐再文面对如今江河日下的打铁生意、寥寥无几的顾客，心境复杂。打制铁器的手艺像一条蜿蜒向上的曲线，在千万次

打铁是个力气活

的敲击中渐臻于完美，但生意与收入随着机器化铁器加工的出现渐渐呈下行之势。往日同集市至少有三五家铁匠铺子，甚至个别地方多达一二十家，如今铁匠铺子的数量随着时代变迁而急速减少。一个个铁匠铺子关门歇业，一位位技艺精湛的老师傅无奈地退出打铁行当，几乎没有新人入行。到当前，偌大的蓬安县城，只剩下唐再文在苦苦支撑。

身强体健、眼疾手快、心领神会，三种本领，缺一种，就难以成为一流的铁匠。说到底，铁匠这一行靠的是力气与眼力，集智慧与力量于一身，对学习者的身体素质与敏锐觉察力都要求较高。"人生有三苦，打铁，撑船，磨豆腐。"在当今时代，那些耳聪目明、身手敏捷又年富力强的人们几乎没有人愿意接过铁匠铺子老师傅手中的铁锤。经年累月的劳累；工作环境的脏乱；因需求少、产量小进而收入低的清苦生活；技艺不佳或者注意力不集中，还会带来一定的危险……这其中的任何一条，都可能是人们视打铁为穷途、对其不屑一顾的理由。再加上现代不少铁器已经可以用机器进行批量生产，轻便省力、快捷高效，手工打制的铁器因人工投入多、价格较高而失去了竞争优势，铁匠双手之间的精良技艺难以抗拒时代大潮而走向没落。在农耕文明逐渐被注入现代化与机械化色彩甚至为工业文明所替代的当代，铁匠铺子里曾经铿锵有力、节奏明快的打铁声，很有可能成为手工时代的绝响，只能在人们的记忆深处或轻或重地回荡……

道不尽的说唱人生：金钱板

撰文：马云骓
摄影：黄世辉　张娟婷

民间相传，战国时期金钱板又称金剑板；唐代叫金签板；宋代与元代取三块竹板分别代表天、地、人，改名成三才板；明代与清代，因为板壁中嵌铜钱，即艺人们用来表演的三块竹板中有两块竹板的孔上嵌有小铜钱，才最终定名为金钱板。

南充金钱板表演圈内口耳相传：要想成为一名合格的金钱板演员，必须做到"三好两合、生动活泼"。"三好"指的是板儿打得好、唱功极好、表演上好；"两合"则指金钱板艺人在演出时的身段要与打板、唱词配合得天衣无缝、恰到好处，所谓"心合口、口合手"。"一张巧嘴，说透世故人情。三块竹板，尽现大千世界。"金

为陈雪老师点赞

影像南充：
渐渐远去的乡愁

金钱板

陈雪与她的弟子们合影

排练

收徒试唱

钱板表演的难度所在也是其在人们眼前耳旁散发的持久魅力所在。

　　旧时南充艺人们以金钱板为道具进行表演，常能"走州吃州，走县吃县"。金钱板艺人行走于江湖，走乡串镇，"跑乡场""扯地圈"。庙宇会馆、街头集市、院坝空地，他们赶场逐市夜以继日，万年台前开场子，凡有人气之处，都可以用作演出场合。手中的板子一响，圈子一打，艺人们便开始唱书，唱毕收点糊口钱，清苦度日。

　　金钱板因为其浅显直白、朗朗上口，为人喜闻乐见，是南充境内广为流传的一种民间曲艺。在历史上，南充三区六县都有金钱板艺人。早年南充市内打唱金钱板者甚多，整个川北地区以曲艺艺人冯治国打唱金钱板最为著名。他被奉为南充金钱板表演泰斗级人物，曾被毛主席、朱总司令、周总理亲切接见。在抗美援朝时期，冯治国深入前线表演慰问志愿军。后来，他还在人民大会堂表演，受到中央领导的高度赞扬。

　　陈雪是冯治国门下的女弟子。在收陈雪为徒之前，冯治国恪守金钱板技艺"传男不传女"的传统，但陈雪的坚持最终打动了冯治国。得到冯治国的应允，陈雪正式拜师学艺。后来，陈雪运用自己娴熟精湛的技艺和特色鲜明的唱腔表演《南充是嘉陵江上最亮一盏灯》《瞎子算命》等优秀金钱板作品，打出了自己在川东北金钱板界杰出女艺人的名声。她表演的金钱板作品《阿Q正传》更是为她赢得了"中国第一女版阿Q"的声名。另外，她表演的《画魂》《南瓜回家》《草船借箭》《满江红》也深受观众好评。

陈雪曾说，金钱板已经融入了她的血液，而她也一直致力于延续这一文化血脉，在川北派金钱板传承方面也取得了可喜成绩。她经常奔波在南充各地，带着金钱板走进了校园，走进了许多街道社区。

蓬安县金钱板艺术传承者、来自蓬安县鲜店乡双柏树村四社的魏德良初中毕业

陈雪老师表演（一）

陈雪老师表演（二）

陈雪老师表演（三）

陈雪老师表演（四）

影像南充：
渐渐远去的乡愁

预演

舞台上的陈雪老师

艺术造型（一）

艺术造型（二）

后，先后拜南部县曲艺老人李加强、蓬安县曲艺人唐大孝等为师。1982年，魏德良加入蓬安文化馆组织的曲艺组并参加文化馆组织的曲艺培训班。当时的曲艺培训班由文化馆曲艺干部戴贞益、冯治国、乔炳南等老艺人授课，详细介绍了金钱板专业知识。1985年，魏德良正式从该班毕业并获得合格证书。魏德良从19岁开始从事曲艺工作，至今30多年从未间断，主要在蓬安、营山、仪陇、南部等中小学及农村演出，并在广州、东莞、深圳等地演出，深受群众喜爱。其演出作品《蓬安文化旅游样样强》《精准扶贫得民心》《十九大惠民生》等与当下时事与民生同步，颇受好评。2020年1月31日，面对全国人民奋力抗疫，魏德良创作《坚决打赢防疫战》，为抗疫助力，为人们喜闻乐见。

　　新中国成立初期，南部县著名金钱板表演者为"三个小娃儿"，即艺称分别为"韩小娃儿""陈小娃儿""何小娃儿"的民间优秀金钱板演员。当代南部县金钱板传承人为生于1966年的王雪明。王雪明金钱板技艺源自曹荣、杨照才、张福礼等。他是南部县金钱板的第三代传人，同时曾受南充著名曲艺表演艺术家陈雪的指点。为锤炼自己的金钱板表演技艺，同时不影响周围的人，王雪明利用一切业余时间，变换不同的习练空间，对金钱板表演孜孜以求。环境相对封闭的厕所都是他不受他人打扰的练习场所。在表演的同时，王雪明还致力于创作。其创作的现代金钱板作品《"胖大娘"教子》《丁小凡受伤记》等分别在《四川文苑》、四川文明网上发表。经过数十年说唱岁月，王雪明的金钱板表演技艺日臻成熟，成为不同社区、学校、各种文艺活动表演现场中闪烁着独特光芒的一道文化风景。

　　陈仕福是南部县金钱板表演的后起之秀。因自幼酷爱金钱板表演，陈仕福曾经在从医时利用业余时间练习金钱板，并拜名师为徒。2019年，陈仕福弃医从艺，专职从事金钱板表演及剧目创作。陈仕福的表演注重与时俱进，其当代金钱板作品《砥砺奋进谋发展》《盛赞南部美》《莫迷信，信科学》《爱国主义教育》《节俭节约倡光盘》《不忘初心，牢记使命》《南

演出前的预演

与学生们交流

在家里为我们表演

与小学生在一起

部美食土特产宣传》《酒驾》《脱贫攻坚政策好》等与时代同频共振，取得了良好的演出效果。

尘世足够大，总有技艺在某个角度顽强生长。精心修炼与专注守护，让金钱板这一特殊文化基因得以生生不息、代代传承。冯治国、陈雪、魏德良、王雪明、陈仕福……正是一代代金钱板艺人的不懈努力和长期坚守，让金钱板在南充这片文化热土上薪火相传。金钱板的传承，是古今南充的世道人情，充盈着日常生活的味道。它的困境与生存，都折射出时代的特质，也树立着传统艺人坚守的一面旗帜。

南部傩戏：从"怡神怡鬼"到"艺声艺瑰"

撰文：马云骓
摄影：黄世辉 张娟婷

《说文解字》有言：傩，行人节也。故傩本指人行走时步态柔美。后古义渐废，引申为与祭祀、驱鬼、逐疫相关的含义。

人生在世，经千万事，历千百劫。以字形释之：傩，人难也。做人何其难，何以安心田？故傩戏应需而生。它是古代人们为了驱逐苦难，追求幸福生活，在民间祭祀仪式的基础上吸取民间歌舞、戏剧的元素而形成的一种戏曲形式。艺人身披兽皮，脸

敬天

影像南充：
渐渐远去的乡愁

表演前换装

表演前准备

表演开始

戴独具特色的面具，进退跳跃，说唱舞蹈，营造出神秘气氛，隐隐令人有敬畏膜拜之意。

发端于清朝雍正年间、至今已有三百多年历史的南部傩戏也被称作"端公戏""傩堂戏"，主要分布于南部的伏虎、升钟、双峰等十来个乡镇。号称"羲皇故地"双峰乡的杜家班傩戏，在岁月绵延中成长为南部傩戏的代表。

安家于双峰乡胖土地村的杜氏家族精于傩戏。从杜先洪起，历经七代单传。杜先洪以跳端公、做法事为业。演傩若调羹，评书、川戏、跳神之步法，民歌、巴渝舞、川北灯戏之精髓，皆被借鉴融汇为一炉，形成独具特色的杜家班傩戏。到第三代传承人杜维亮时，演员阵容扩大，形成了专业的"杜家班傩戏"。

在杜家班傩戏鼎盛时期，逢老百姓操办红白喜事或显贵富商宴请，他们便会获得演出邀约。传承到第七代杜南楼时，广掘深挖间，杜家班傩戏的艺术价值被最大限度地发挥。人物脸谱绘画、唱腔设计、舞蹈步法造型，经杜南楼大胆革新并和地方文化相结合，面目一新，以更灵活的表现内容呈现出极强的地方色彩。眼之所见，心之所想，即刻便可"新鲜出炉"，以更强的娱乐性获得人们的追捧喜爱。

"天上32戏"和"地上32戏"是杜家班傩戏的主要剧目。演出时，其表演顺序

傩戏表演者群像

为先"天上"后"地上",寓指神仙由天上下凡并进入百姓人家。吉祥之意,蕴含其中。《柳毅传书》《死而复活》《神仙死了》《包公惩城隍》等40折新戏,也是他们的改进之作。

随着驱邪跳神逐渐消失,以杜家班傩戏为代表的南部傩戏又以傩舞为主,综合了其他艺术形式,形成了以娱乐为主的包括耍傩傩、唱灯、庆坛在内的这一套完整表演的独具地方特色的傩舞综合艺术。唱腔、面具、音乐曲牌、锣鼓和角色的上佳融合,让南部傩戏为人们喜闻乐见,被誉为"嘉陵奇葩、川北戏剧的活化石"。

为解决传承问题,杜南楼打破"传单不传双、传内不传外、传男不传女"的规矩,将傩戏技艺传给了傩戏爱好者升钟镇小学音乐教师、关门弟子蒲七五。蒲七五之后,杜家班傩戏主要由南部县文化馆的鲁海平在研究和传承。

与时代变迁同步,杜家班傩戏也在进行着不断的演变,由最初的娱神变为后来的娱人,发艺术之声,成艺术瑰宝。杜家班傩戏表演人数多至12人,表演者包括开路先锋1人,赶会5人,点坛1人,耍傩傩2人,假和尚赶斋1人,张公道讨口1人,二郎神清

表演（一）

表演（二）

表演（三）

表演（四）

宅扫荡1人。蒲七五编写了一套供小学3~6年级使用的校本教材《川北古傩》，把傩戏表演艺术引进了小学课堂，最大限度地利用了南部傩戏元素，将傩戏中使用的角、号、道琴等乐器编制成70多种打击乐器，还让学生去大胆创作面具、制作面具，甚至编排出了由200多名师生共同演绎的傩面具舞。这些努力，让傩戏表演得到了进一步的创新和发展。鲁海平长年致力于开发傩舞，在四川省音乐家协会、舞蹈家协会的专家指导下，对傩舞脸谱造型与舞蹈造型均进行了专门设计。

南部双峰乡是当之无愧的傩戏之乡，至今还活跃着一支由民间文化人士冯明海领头、拥有成员十余人的"女子傩戏队"。演员们赤足，腰缠鲜绿棕榈叶，脸部戴各色面具。其表演内容为祭天、祈雨、捉鬼、驱邪。降魔杖下部尖锐若矛，顶部蹲着一匹张嘴嘶鸣的神马，杖中段的三面雕刻着同形神像。降魔杖往地下或木凳子上一敲，锣鼓声起，扮演逃荒人的演员一手执竹杖，一手拿破碗，做乞讨状出场。随着逃荒

人陆续出场，婴儿啼哭，众人喧嚣，寓示天降大旱、百姓饥荒、妖邪作祟。随后，锣声阵阵，黑衣红脸、长须飘飘的端公手执三炷细香登场，口中高喊拜五方吉语："一拜东方甲乙木，二拜南方丙丁火，三拜西方庚辛金，四拜北方壬癸水，五拜中央戊己土……"端公暂时离场后，当地的妇女保护神柳氏姑娘及所有扮演鬼怪的女演员次第登场。端公再次出场时，腰间别着两柄剑，手拿叮当作响的环形祭祀法器司刀，说唱着"一把阴阳剑，斩鬼又除妖"等唱词，与众鬼大战一番，最后制服鬼怪。现年81岁的端公扮演者冯益民老当益壮，气不喘，身不倦，用他的精神气展现了民间傩戏人富有激情的坚持和坚韧。

互相装扮

傩戏表演的锣鼓

出生于1942年的南部县双峰乡曹家窝村村民曹文忠自幼便对傩面具制作兴趣浓厚。他幼时在观看乡间傩戏表演时产生了制作傩面具的念头。自此之后，尽管没有师父的言传身教，曹文忠仍自学自悟，硬是闯出了一条傩面具制作的自力更生之路。

傩戏表演

城隍庙里的牛头马面雕塑、各地庙宇里的金刚菩萨、戏曲脸谱形象、年画中的人物形象等，都是曹文忠进行傩面具制作的灵感源泉。经过数十年的自学与摸索，他形成了"曹氏傩面具制作十步法"。

第一步，调泥。在沙质土中掺入用筛子细细筛后的草木灰，加入适量的水调匀，

傩戏面具（一）

傩戏面具（二）

傩戏面具（三）

傩戏面具（四）

揉成细腻柔软的泥团。

第二步，发泥。用塑料薄膜密封泥团，隔绝空气。在温度、湿度的微妙变化中，泥团的黏性和韧性得到释放。

第三步，和泥。将发好的泥团放置于干净的石板上多次揉捏，视干燥程度或补水或添加草木灰。

第四步，造型。将调好的泥团在瓦片上做出傩面具的人物面部轮廓。按照合适的比例做出眼睛、鼻子和嘴巴。

第五步，晾干。将初步制作好的面具泥模放于阳光下晾晒，直至泥模发白。

第六步，敷纸。首先要在晾晒好的泥模上蒙上一层塑料薄膜。随后，在整个泥模上敷上面具纸。敷纸所用的面浆由面粉熬制，兼具韧性与弹性。

第七步，修剪。用剪刀修剪敷好纸的面具，尽量让其轮廓分明。修剪与敷纸要交错进行，随敷随修剪。纸张要敷至少3毫米的厚度。

第八步，晾面具。再次晾晒敷完纸、修剪好的纸面具直至干透。

第九步，剥修面具。将泥模与纸面具分开。用剪刀修理面具边缘。修好后用细篾片沿着纸面具的边缘围上一周，再用细线固定。纸质的傩面具最终定型。

第十步，上色。根据设计好的傩面具形象，在纸面具上涂上各种颜色。

曹文忠除了进行纸质傩面具制作，还致力于傩文化推广。他曾经应邀为某些小学制作学生表演用的傩面具，也为乡镇老年协会制作文艺表演用的傩面具。

杜家班傩戏家族传承中断之后，蒲七五、鲁海

傩戏家什 　　　　　　　　傩戏大旗 　　　　　　　　傩戏研究者

平、曹文忠、冯明海、冯益民等人的坚守和推广为南部傩文化传播再续动力。这是民间艺人对民间文化的独特贡献。"漠漠炊烟村远近，咚咚傩鼓隶西东。"在新的时代，南部傩戏如何赓续传承、焕发生机，这是一个沉重而紧迫的文化命题。

一木一口风雷吼：南充评书

撰文：马云骓
摄影：黄世辉　张娟婷

"醒木一方口一张，道尽古今说端详。"评书之"评"，论也。言说古今万事，兼有论述观感。民间又称其为说书、讲书、说话。

旧时南充评书表演艺人站在一张长条桌子后，桌子上放着醒木、折扇等道具。表演时，艺人们全凭嘴上功夫来征服满堂听众。民间形容这种讲说评书的场景为"满堂风雷吼，全凭一张口"。鼎盛时，众妙集聚，风雨寒暑，观者如堵。

对于任何一名评书艺人来说，"醒木在手，道尽千古人间事；折扇轻展，呼出百万铁甲兵"一说，极为贴切。说书人大都会"自编自演"古今长篇文学著作。他们往往会在开场讲说前，拟一个故事大纲，跟着故事情节推进，灵活机变，加些"条子"（即评书故事的精华），在松紧快慢、抑扬顿挫、喜怒哀乐之间，展开他们的

评书表演工具（一）　　　　　　评书表演工具（二）

评说。

南充南部县的南隆评书兼容了"清棚"与"擂棚"两派风格。从传承谱系来看，南隆评书可称为"曹氏评书"。

相传18世纪中期，号称"曹铁嘴"的南部评书大王曹德炳的评书讲说全县驰名。民国时期，曹氏后人曹云华成为当时南充曹氏评书的代表人物。到21世纪初，南充评书界的"最后一嘴"曹荣在南部县城向阳巷驻讲茶园一度被称作南部县的"百家讲坛"。"百家"不是说进出茶园的说书人有许多名家，而是说曹荣的评书在南部县有很大的名气，家喻户晓，为百姓所喜爱。"最后一嘴"则折射出评书表演在新时代中日渐落寞的苍凉背影。

曹荣评书技艺属于父传、师教。其父曹云华将师与父的双重角色融入对曹荣评书表演的言传身教之中，这为曹荣打下了扎实的艺术基础。

曹荣的评书讲说风格舒缓有致，收放自如，时而如利刃砍切般干净利落，时而如铁锅炒豆般紧张激烈。据听过他的评书演出的人回忆，曹荣驻场讲说评书最盛时，茶馆里三层外三层围着的全是听书人。其气场之强大，可窥一斑。

曹荣的每一个细微动作及表情都指向惟妙惟肖地刻画人物、绘声绘色地展开情节的表演旨归……口若悬河、滔滔不绝，快而不乱、慢而不断，这些词汇，都可以用来形容曹荣的表演，但曹荣的表演又往往超越这些词语的意涵。

在长达近五十年的评书艺人生涯中，曹荣在各类评书中穿梭自如。或恪守传统，铺叙人们耳熟能详的历史故事；或致力新创，将身边生活娓娓道来。天下风云，可以

表演前换装　　　　　　　　　　评书传承人王雪明

汇聚在一间不大的地下茶室内；时事资讯，可以穿越时空与历史混搭。

南隆评书作为一种与当代社会需求逐渐脱节的传统娱乐方式，慢慢地蜕变为一小部分有着怀旧情怀的人表达执念的方式。2013年，曹荣辞世后，两个他驻场讲说评书的场地也相继关闭。在整个南充地区，其他大多数说书艺人纷纷改行。曹荣的入室弟子王雪明接过坚守南部评书的传承重任，接续扛起南部评书的大旗，也成为一名孤独的旗手。

王雪明于2011年9月6日拜曹荣为师，成为南部"曹氏评书"第七代传承人。在学习师父100多部评书的同时，王雪明自创的评书更加快了向时下生活靠拢的步伐。这些新创评书有的包含了对革命先烈的礼赞，有的则为眼前寻常生活故事的即兴演绎。例如，由其创作的评书《李鸣珂严惩林之政》开篇说道："嘉陵江水波连波，日夜不停唱赞歌，英雄故事讲不完，红岩英烈李鸣珂……"这部评书将出生于南充、不畏生死开展革命运动的李鸣珂的英勇事迹展现在人们面前，为红色文化传承做出了独特的贡献。

声情并茂的表演

评书肢体语言组图

在旧事重说的同时，王雪明善于"旧瓶装新酒"，积极将自己的评书讲说与新时代社会生活结合，尝试对家乡新人新事进行由衷赞美。如其讲说的南部《升钟湖》："升钟湖的山实在美，如诗如画游人醉。千岛湖上白鹭飞，两岸青山铺翡翠。水库大坝留个影，好像天上瑶池会……"

王雪明积极响应政府的"文化惠民"政策，参加送文化下乡、进社区、进学校的系列文化活动，努力让更多的人感受、接受进而喜欢上南充评书。这部分新创评书多紧扣家乡人与事，注重与新人新事同步，包含普法宣传、脱贫攻坚等内容，具有当代性，更赋予其评书以独特的地域与时代特点。

为在新的时代最大限度展现评书魅力，除拜在曹荣门下之外，王雪明遍访名师。张福礼就是他的评书导师之一。张福礼老人年近八旬，说起评书来却依旧条理分明、思路清晰，古事今况皆信手拈来，娓娓动听。张福礼至今能说长篇评书十余部，最擅长讲《水浒》《石头记》。他珍藏着授业恩师李玉春创作并手书的长篇评书《闯王外史》及手绘的书生武生、小姐丫头、王侯将相等各类评书人物画像近三十张。手稿发黄，字迹斑驳。画像在经历了数十年岁月后却依旧张张栩栩如生，特色鲜明，可谓当今南充评书界的遗珍瑰宝。

蓬安县魏德良因为对传统民间艺术的喜爱而向乔炳南、戴尊益拜师学艺，成为蓬安评书艺人。他经常参加县上组织的各种民间文化活动。如今，有十来名年轻人拜在魏德良门下学习传统民间艺术。魏德良还致力于将评书等民间艺术推向中小学课堂。

不过，令人遗憾的是：曲艺是文艺界的弱势项目，评书又是曲艺中的弱势项目。随着时代的巨变，评书整体衰落的趋势逐渐明显：受众群体逐渐萎缩，能坚持下来的艺人越来越少；市场现状不理想，基本没有固定的表演场地；说评书既需要长期研习，又不能成为艺人生存的主要经济来源，难以引起年轻人的关注，传承后继无人……

　　盛况难重来，人偕书渐隐。曹荣、张福礼、王雪明、魏德良……南充评书的讲说母本正形成时光包浆，艺人与接受人群不可避免地面临萎缩困境。评书在时移世易间逐渐蜕变成人们的记忆，加速向时间深处滑行……

观看表演视频

在志愿者之家表演

学生练习

王雪明夫妻

唱奏并作道世情：川北道琴

撰文：马云骓
摄影：黄世辉

初次听到"道琴"这个名字，相信不少人会认为它是一种打击乐器。竹琴、道筒、渔鼓，道琴被不同地域的人按照当地的习惯及原材料赋予不同名称。无论叫法如何，道琴的主体都是一个长1~1.5米、直径6~10厘米的中空竹筒。竹筒的一端用鱼鳔、鱼皮、蛇皮、猪小肚等择一蒙住箍好。表演道琴时，抱筒、敲铃、拍鼓、唱词四种动作合一，节奏明快，音韵和谐。

在高坪区老君镇的道琴老艺人张福礼看来，蛇皮太厚，也不太容易获取。他制作道琴的蒙皮是更为"家常"、易寻的猪板油。刮去猪板油多余的脂肪层，晾干然后用酒泡制，再晾干即可。蒙箍好后，击打之间音色浑厚，回声空灵。

传说，道琴表演这一行当的祖师爷是"八仙"之一的张果老，道琴也因此成为

川北道琴名家张福礼

影像南充：
渐渐远去的乡愁

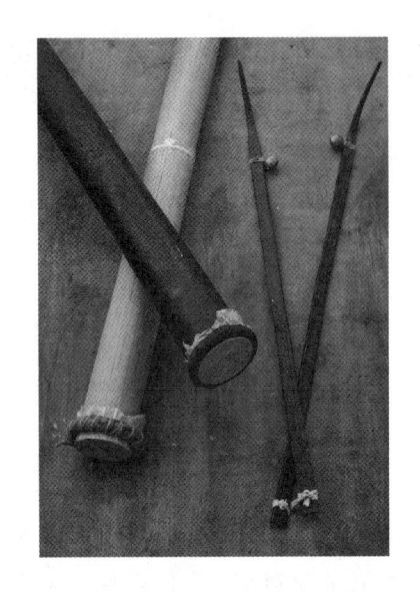

川北道琴组图

张果老的法器。后来又有一说，在过去，道士会一边演奏这一乐器，一边唱诵"劝世文"来劝善说道，以情动人，故人们称这种宗教传播行为为"道情"。后来，作为"道情"的工具，竹琴被人们称为道琴。

艺人演奏道琴时，右手敲击竹筒（即"鼓"），左手则拿挂着碰铃的两块竹片（"简板"），唱奏同步。在演唱形式上，道琴可"群唱"，亦可"单唱"。表演中，清脆的铃声、嘭嘭的敲击声与艺人的演唱声"合三为一"，呈现出一种唱奏并作、以奏佐唱的艺术效果，具有极强的艺术感染力。道琴表演不择场地，川北乡间场镇的茶馆、客栈、院坝，甚至田间地头都曾是民间道琴艺人拉场子、说世情的场所。

川北道琴剧本

因时言道，即景抒情，道琴这一民间艺术瑰宝至今仍在南充顽强地生存着。岳池坪滩镇李文渊、蓬安兴旺镇唐玉龙、高坪区青居镇李玉春……一百多年的传承中，道琴的传承脉络清晰。每忆及集说、唱、演、绘众多技艺于一身的师傅李玉春，张福礼总会感慨万千。他18岁从师学艺，师傅李玉春在晚年声音喑哑时还让他贴近自己嘴边传授唱词。传授过程，可谓耳提面命。正是有了多才多艺的师傅才成就了张福礼这一民间文艺多面手。张福礼不仅为师傅李玉春养老送终，至今仍然保存着师傅传下来的表演器具、手写的曲艺文稿。身受众艺，张福礼常常睹物思人。

"天牌十二点登金殿，地牌两点保江山，人牌军中去挂帅，和牌就是先行官""手抱筒筒到台上，竹夹碰铃响叮当。为了文化大发展，民间艺术要传承"……一旦道琴在手，张福礼便忍不住唱川牌、梁山好汉传奇、三国故事、苦悲戏、劝化戏……从沙场征战、小楼闺阁到古今市井百态、当代时事，从宏大叙事到微观人生，年近八旬的张福礼都烂熟于心，信手拈来，出口成章，真正做到眼到、手到、声到、情到、神到。松紧快慢、上钩下连、快而不乱、慢而不断……这些都是张福礼自述的包含道琴在内的民间说唱艺术的表演特色。

同样是立足川东北、富有地域特色的道琴表演，老艺人高思强用川北道琴这一特殊艺术表现方式将南充阆中的特产娓娓道来："说江湖道江湖，哪州哪县我都熟。我打一段道琴述一述……好耍不过保宁府，买不出（着）的买得出（着）：白糖蒸馍保宁醋，锭子锅魁硬油酥，张飞牛肉蚕丝被……"

击打声节奏分明，唱诵声抑扬顿挫。在阆中，道琴与"川北王皮影、巴象鼓舞、川北灯戏、阆中民歌"，同为阆中"五朵民俗艺术金花"之一。

影像南充：
渐渐远去的乡愁

川北道琴名家李朝玺

追溯当下川北道琴流传的源头，可上溯到民国时期阆中双龙镇失明民间艺人白玉全（一作白衣泉）。因为可以将川北道琴表演得出神入化，这就成为他谋生的绝技，也使乡村市集的人们暂时从劳碌谋生状态下跳脱出来短暂放松休闲。眼盲心不盲，白玉全的说唱击打总是将周围观者带入一个个通明向善的世界。靠手艺生存，白玉全倾尽了心血、勇气和韧力。他道世情，也叙说自己内心对外部世界的感知。

当下川北道琴的核心传承人物有两位：高思强与李朝玺。

高思强自十六七岁时就拜白玉全为师。尽管后来以兽医为主业，但乡间茶馆里为他而聚拢的茶客以及透着乡风土韵的道琴所产生的特殊魅力让高思强一唱就是数十年。如今，高思强已年近八十。闲暇时刻，他依然时不时拿起道琴自演自唱、自娱自乐。在新时代，他还创作了《精准扶贫助民生》《千年古城唱阆中》等与时代呼应的道琴作品。

为挽救川北道琴这一民间绝艺，阆中市民俗会馆李朝玺早在1980年就受单位指派跟随白玉全学习。其后多年，李朝玺潜心研究川北道琴艺术，并为白玉全的川北道琴唱曲记了谱、录了音。让人叹惋的是，这些记录和白玉全所赠的道琴却意外被损毁。但李朝玺毫不气馁，自2002年开始又根据自己的记忆与相关文字资料，自发挖掘整理川北道琴的一些传统曲目与唱腔，并成功仿制出道琴进行表演。川北道琴这一杰出民间技艺得以在他手上再现神采。

按照李朝玺的讲述，清代光绪年间，道琴艺人的道琴表演以《东周列国》《三国演义》中的历史故事为主，也为人们所喜闻乐见。保留到现在的川北道琴传统曲目有

听众　　　　　　　　　　　　在群众茶馆表演

近300支,曲调多为"玄门调"与"南间调"。

忆古思今,曾经,川北道琴艺人们闯码头、驻茶馆、赶集市、逐庙会,他们的唱奏声曾响彻市集院落、田间地头,为人们所熟知。时移世易,当代娱乐多元化潮流弥漫之处,道琴的唱奏不再为人们殷殷所期、翘首以盼。随着生存土壤与接受人群的无奈流失,川北道琴已经完全退出了昔日大行其道的茶楼酒馆。传承断代的风险随着硕果仅存的几位表演者的年事渐高而日渐增加。人们不知道,它的日渐式微甚至最终声消音散会不会成为一种注定的宿命……

灯影春秋　时光留痕：神坝皮影

撰文：马云骓
摄影：黄世辉

　　历史洪流涤荡，无数风靡一时的文化艺术被裹挟而去，永远消失在时空深处。但也有一些珍贵文化遗存，吉光片羽，顽强生存。南充神坝皮影，就是从历史深处走出的传统文化的和隋之珍。

　　"三尺白布包天地，一盏明灯照古今。父老闲来观活画，儿童归去话黄昏。"清代佚名诗人寥寥数语，概括了皮影艺术囊括天地古今、老幼皆喜的文化功用与演出

皮影戏

影像南充：
渐渐远去的乡愁

70岁还在继续制作皮影　　　　　　　制作的工具很多

藏在箱底的宝贝　　　　　　　　　　杨远展制作的皮影

盛景。"一张牛皮居然喜怒哀乐，半边人脸尽收忠奸贤恶。"在现代娱乐方式出现之前，皮影是中国人喜闻乐见的娱乐方式之一。"娃娃看着忘吃奶，妈妈听得泪不干，货郎停下了生意，老人喜如过新年。"皮影可谓老少咸宜。

　　神坝皮影为南充市南部县皮影的一个分支，起源于清朝雍正年间。从第一代传人杨先林开始，经杨应能、杨文碧、杨海波至杨洪富，至今已有五代。以南部县神坝镇的杨家班为承继架构，保留了从制作皮影到演出皮影的完整流程。杨远展、杨洪富叔侄二人至今仍在为神坝杨家班皮影的传承孜孜不倦。杨远展专攻皮影制作，杨洪富、王春红夫妇则偏重在各类文化场所进行皮影表演，为神坝皮影争取存续空间的同时，也力图在文化市场中赢得声誉。

　　尽管杨远展年过七旬，却依然宝刀不老。他对皮影制作的挚爱可谓矢志不移。其父杨海波兼备皮影制作与皮影表演两种技艺，皮影戏唱功扎实不凡。在父亲杨海波的

传统技艺 ◆

尝试一把

皮影的雕刻和上色 　　　表演名家杨洪富 　　　让皮影活起来

耳濡目染之下,他很早就萌发了对皮影制作技艺的浓厚兴趣。20个世纪60年代,少年时期与民间皮影制作艺人黄远翔的相遇,就是他爱上皮影制作的起点。他曾从陕西拿回一本关于皮影雕刻技法的书籍,从此便开始钻研其道,乐此不疲。经过数十年的刮摩淬励,他的皮影制作技艺日臻娴熟,渐渐由业余变成专业。现在,他一天可以雕出

115

两件皮影制品。这种速度,既需要手、眼、心"三快",更体现出他对皮影制作技艺的纯熟把握。

每每面对来访者,杨远展都会将自己制作皮影的各种工具摆满一张大木方桌。磨刀石、打锤、雕墩……琳琅满目,有三四十件之多。仅制作皮影的刀具,就有雕刀、剜刀、刮刀,而他所用的凿子,也有圆凿、方凿、花凿、打凿等。刀用以去毛、去边、刻制,凿用于打花纹、打各类洞孔。每一件工具,对应的都是一种制作技艺与一个雕刻目标。各种工具此即此,彼为彼,泾渭分明,不可混用。

说到皮影制作的精细之处,杨远展的讲述可概括为失之毫厘,谬以千里。一张皮影成品,要经历选皮、泡皮、刮毛、下料、初晾、画稿、描样、镂刻、着色、熨平、上漆、订缀缝接等二三十道工序。若以刀法记之,一张复杂的皮影从原皮到成品往往

猪八戒造型

生动灵活的造型

皮影成品

杨洪富夫妻表演的皮影戏

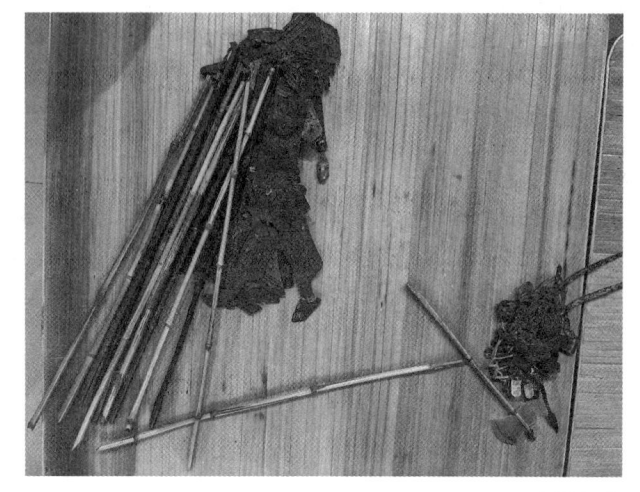

制作皮影很复杂　　　　　　　　　　　　　　　　　　　　　　　　皮影组件

要刻制数千刀之多。

　　皮影制作第一个步骤"制皮",就极有难度。制皮包含选皮、泡皮、刮毛、初晾四个步骤。就选皮而言,按照杨远展的经验,神坝皮影成品以黄母牛皮为上佳,黄公牛皮次之,水牛皮再次之。至于驴皮,来源稀少,也没有牛皮坚固耐用、柔韧性好。皮料选定后,要先泡制皮料。在清水中将皮毛泡松散,好刮制。泡好的牛皮要耐心细致地刮去外皮的毛和内皮上粘连的肉。这一步尤其要小心。劲儿小了,刮不动,还会残留毛梢、毛根影响皮影外观。若有小肉块残留,会导致皮影制品平整度不高,甚至腐烂。但若是刮制所使的劲儿大了,刮破皮,皮子就废了。要将牛皮刮得纤薄光滑、无毛肉残留并略显透明才算是合格。杨远展说,皮影制作印证了一句话:万事开头难。同时,若在后面的步骤不够心细,往往会毁掉前面工序所付出的心血。"万剐千刀"之下,可谓步步惊心、步步小心。

　　神坝皮影的雕刻创意来源于生活。凡古今生活所见所用之物品乃至城郭,均为其表现对象。云中龙,风里虎,出没山林有野猪。城池闹市多树木,宝马香车现布幕。人物活,器具美,光影世界万物备……杨远展的皮影制品,将两个老旧而时间印痕明显的大木箱子装得满满当当。有人问:"杨老,您最满意的皮影作品是哪一件?"

117

影像南充：
渐渐远去的乡愁

龙形皮影　　　　　　　　　　　　　皮影戏表演现场

杨远展老人答道："每一件，都满意。"一件件，一箱箱，无不是他的心血凝聚！他对于皮影制作，乐此不疲。从风华正茂到皓首庞眉，他始终不曾有丝毫懈怠。制作精良，是为皮影表演铸基，更体现了他对这一古老技艺与艺术的挚爱。

作为神坝皮影杨家班的当代传承人，杨洪富与王春红夫妇是南充皮影界唯一的夫妻搭档。夫唱妇随，心领神会，彼此的一举一动都完美配合。这种默契，源于长期的磨合，更是岁月的珍贵赐予。他们演出所用为历史最久远的皮影，从清朝至今已经传用数百年。这些珍藏的皮影制品，色彩鲜亮，厚薄适度，柔而不软，硬而不脆，或造型俊俏大方，或镂刻精细流畅，呈现出绝佳的艺术装饰效果。若细细研究，可以看出神坝皮影制品在还原古今生活的基础上，充分汲取了中国汉代帛画、画像石、画像砖和唐宋寺院壁画的各种手法与风格。这为神坝皮影在布幕上展现神话故事、民间传说甚至老百姓的生活场景打下了坚实的艺术表现基础。

杨洪富夫妇在祖传技艺的基础上，吸纳了川剧的唱腔和其他皮影的表演技巧，手中的皮影翻、滚、踢、打，动作轻盈。《镇潼关》连台本、封神榜系列剧、西游记系列剧等大幕皮影戏50多部，《张飞审瓜》《杨戬救母》《拜新年》《陈母教子》《卖油翁》等折子戏30多折……在他们的演出中，神魔鬼怪、历史人物、芸芸众生之相，无不惟妙惟肖。表演技艺精湛，影像唯美，令人赏心悦目……这是他们皮影表演极具艺术魅力的秘诀。

神坝皮影、马王皮影、阆中王皮影，这是南充皮影江湖中的"三剑客"。神坝皮影与马王皮影现被统称为南部皮影。2008年，南部皮影戏入选第一批国家级非物质文化遗产扩展项目名录。2019年，经联合国教科文组织评审通过，南部皮影戏正式列入联合国"世界人类非物质文化遗产名录"。在盛名下，神坝皮影也面临市场萎缩、艺人生存艰难的现实困境。工业化产品取代手工艺术品，时代潮流文化置换了传统的审美娱乐，传统文化市场空间日趋狭窄……这些，都是神坝皮影继续生存下去必须翻越的"崇山峻岭"。能在市场化洪流之中继续淬炼技艺与匠心，在清苦坚守中实现珠玉自持，这是杨远展、杨洪富、王春红这类的皮影艺人最可贵、最可敬之处！

守护背后的守护：古城门神"研修人"

撰文：马云骓
摄影：黄世辉　张娟婷

窗为屋之眼，门为居之脸。门，对千千万万的古今中国人来说，开合之间，隔内外，通有无。门内是家，门外为世。归家时，修身齐家；入世后，建功立业。对居所门户的重视，自古而今，国人一以贯之。大门是家宅的第一道安全屏藩。"举头三尺有神明"，这句俗语道出了心有所敬、万物皆有神的传统文化认知。门是如此重要，怎可没有神灵守护与坐镇？在中国传统民俗中，门神就位列"家宅六神"之首。在阆中古城，人们用一种特别的方式表达对自家门户的爱重：移步换景之间，必有人户的大门被色彩斑斓、高大威猛的门神装点。

三十多年专注于古城门神的绘制与研究，已年过八旬的阆中民间美术家陈文大对古城大大小小门户上的门神了然于心，言谈之间，如数家珍。在他看来，阆中民间的门神崇拜折射的是辟邪祈福的文化心理。

有历史痕迹的门神　　　　　　　　　阆中菜馆前的门神

陈文大说，阆中门神可谓形形色色，从种类分，大致有两类——文门神与武门神。阆中古城街门上绝大多数的门神为武门神。它们手中的仪仗来源也不一而足：神荼手执桃木剑，郁垒则拿着一根苇索；秦琼用瓦面金锏，尉迟恭使金刚鞭；张飞挺丈八蛇矛，张宪持虎头錾金枪。文门神拿的是上朝的笏板，神仙们则带着自家的法器或标志物。源自传统戏剧武生的门神除了执兵器，还会戴背靠（即令旗）。源出《山海经》的神将神荼和郁垒，冥府四大判官中的钟馗、魏征，神话中的福禄寿三星，坐镇阆中的三国猛将张飞，唐太宗的爱将秦琼与尉迟恭，宋代追随岳飞抗金的阆中英雄张宪……捉鬼类、武士类、文官类、祈福类、道教神灵类，各种人与神，均入门神之列。

陈文大认为阆中门神有四大特点。

不同风格的门神 　　　　　　　　古院门神

民宿门神 　　　　　　　　民居门神

影像南充：
渐渐远去的乡愁

酒店门神

客栈门神 　　　　　　　　马家小院门神 　　　　　　老宅大门上的门神

其一，每一对门神都是画师手工绘制，是"画"而不是"贴"在门板之上。不仅古城九成以上的街门都画着各类门神，二门、厢房门、后门，那些大大小小从时光深处走出来的古色古香的院落几乎有门就会绘制门神。鹿与香炉谐音"禄"，仙桃献寿，佛手和蝙蝠象征"福"……这些门神画中的事物都有它们的美好寓意。它们与门神一起从画师的笔下走入人们的视野，守护着家园的安宁，传递出人们对美好生活的憧憬和期盼。

其二，门神形象高大而多彩。每一尊门神几乎布满整扇门，雄壮伟岸，气势恢宏，给人一种顶天立地之感。在色彩方面，门神映照出中国民间审美的偏向——"文相软，武相硬"。给武将门神用硬色，大红大绿、色彩俗艳、注重色彩对比、视觉冲击强烈，让武将显得魁梧威猛；文官门神则色调淡雅，风格和谐，显得气度儒雅，一身正气，足以震慑邪魅。无论文武，都让人见之心生崇敬。

其三，运笔细腻而精致。武将铠甲的每个甲片、文官的每一根眉毛须髯等均如工笔画以线造型，工整细腻。线条的反、正、转、折都被熟练运用以表现神像的质感、量感、空间感与动感。武将状若拿捕、气势慑人，文官虽文质彬彬却凛然不可冒犯。

其四，技法特殊。勾线平涂、涂色填色均有讲究。绘制门神一般采用传统绘制技艺，将老灰兑成半乳状装入猪膀胱。勾线时在猪膀胱上刺孔，用力挤压乳状颜料成线。用传统技法绘制的门神像有凹凸感，往往被误认为使用的是阴刻技法。在武将铠甲、文官冠带等处，画师还会用生漆、牛胶、骨胶等做粘贴物，再一一完成贴金步

影像南充：
渐渐远去的乡愁

定制的门神

历史建筑大门上的门神　张桅新创作的门神　　　　　　　张桅正在创作

骤。这让神像金光闪耀、熠熠生辉。

　　出生于20世纪50年代末的张桅打小从父习画。无论在国营印刷厂，还是远赴广东虎门自办印花厂、制衣厂，张桅六十多年的履历总与装潢设计紧密相关。穿城而过的嘉陵江黄金水道在历史上就是阆中门神文化的引进渠道。这是张桅研究考证阆中门神

124

融入现代元素的门神　　　展示不同规格的门神　　　展示自己制作的门神

来源的一个论断。大江、古城、大门神，都是张桅的痴爱。十几年前，张桅返回故乡阆中，决定从修补、绘制门神这一艺术着力点深掘精研，独辟蹊径，力争走出自己独特的艺术道路。他边修边学，从受人请托修补那些残破、古老的门神画开始，到逐渐对外画门神画，再到现在创作门神画和从事门神画的历史研究，进而赢得"阆中张门神"的别号。他经手修补的门神估算有一千张以上。他笔下的门神，以湖蓝、中黄、品红、翠绿为主色。他也常用多姿多彩的设色来体现不同门神人物的样貌。数量与质量，在他的笔下相互作用、相互成就。

最让张桅津津乐道的是阆中门神的包容性。凡历史上老百姓心目中崇拜的英雄人物、忠臣名人、仙界众神在阆中都有"登门上户"的资格。

与其他门神文化研究者不同，张桅很注重门神形象的创新。他认为门神文化在"崇古"的同时，不妨"尚今"，在延续传统的基础上同样应该与时俱进。他在两扇老旧木门上绘制过一对融入众多现代元素的"嘻哈门神"：脸上挂墨镜，手腕上戴着手镯，手指套着戒指，肩扛喇叭与录音机，面相俏皮，手舞足蹈。按照张桅的想法，门神形象不必囿于"门户之上"，完全可以从"门上"走下来，走向门外的大千世界。由此，他还开发出室内摆件、车内饰件、户外装饰甚至钥匙吊坠等文创产品。

陈文大与张桅联袂出手为阆中古城南街54号院设计了一对独具特色的门神。原木为门，因为没上色，往往来人注意不到门上还站立着两尊文门神。区别于古城其他院

125

影像南充：
渐渐远去的乡愁

门神传承人张桅

张桅与师傅在自己创作的门神前合影

落门神的艳丽夺目，这一对门神不动声色，一如院子主人的低调。即便有细心的游客、来宾注意到门上的门神，也至多看出一些阆中门神的典型特点：顶天立地，朝官装束，头戴硬翅纱帽，腰束玉带，足蹬云头靴，脚踩如意祥云。在行家眼里，这对门神因为有以下两个特点便可谓绝无仅有、独一无二。其一，画师制作它们时摒弃传统彩绘而用版画技法现场创制。其二，它们融入现代元素，体现出了私人定制的意味：左门神手持莲花叶，托举一杯咖啡，右门神手持牡丹叶，托举一碗盖碗茶，寓意"岁月静怡，自省自品；不张而飞（啡），不器而鸣（茗）"。杯子与茶碗上镌刻着"青""春"二字，取自院主夫妻二人的名字。另外，这对门神玉带上的部分花纹实为"文大"二字，是主要创作者陈文大的名字。创作者与院主同时几乎不为人觉察地留名于自己的作品或自家院门，这在全国门神画中极为罕见。

门神是中国民间情感与美好祈愿的一种朴素表达。它们展现的是传统民俗艺术之美。"老师当日启灵篇，亲手传承岂偶然？"无论是研究、修复，还是绘制，陈文大与张桅师徒二人依然在孜孜不倦地传承着阆中古城的门神文化。昨日因成今日果，今日坚持明日获。正是有了他们的坚守，门神才能继续守护着阆中古城的文化门户。千年岁月风雨，古往今来人生，神明信仰已逐渐淡化，但情怀在，良愿生，传统技艺久留存。那些守护神背后的守护者让阆中门神绘制技艺在古城继续传承。在未来的守护者手中，古城门神或许还会进一步融旧铸新，获得脱胎换骨般的新貌！

古老的"山川物流"：马帮

撰文：马云骓
摄影：黄世辉

翻不完的山，转不完的沟，捎物驮货走千村。正是有了一个个马帮千百年来用脚步与马蹄丈量山川沟壑，完成一次次马背上的财货行旅，才让大大小小的乡村实现与外界的沟通与交流。

南充多低山丘陵，山算不上高，谷也谈不上深，但山峦起伏、忽高忽低的地势导致了"行路难"的交通沉疴。旧时南充乡间无大道可行车，山道崎岖、蜿蜒盘旋，交

任务重需要多匹马一起做

影像南充：
渐渐远去的乡愁

心疼马受伤　　　　　　　　　马儿有灵性

通极为不便，仅靠肩挑背扛满足不了山间大宗货物运输的需求。车轮与桨篙抵达不了的地方，马帮便连缀起了不同村落与市镇，成为乡村物流的通道与动脉。蹄声嘚嘚，铃铛清脆。蹄声、吆喝声、铃铛声，还有鸟鸣、泉音在山风中汇成人与自然的和谐多重奏。而人、马匹与货物，则是马帮古道上的移动风景。靠着人与马的相守相伴，马帮负重而行，承担着旧时城乡通有无、求生存、谋交流的重任。风餐露宿、经年难归，激发出赶马人的勇气、力量、冒险精神与责任担当，折射出一代代赶马人对美好生活的憧憬与向往。

旧时马锅头是一个马帮的灵魂人物，在整个马帮中的地位举足轻重。马锅头统筹着马帮行路、休憩与对外联络。作为这一常年在山野间穿行的小团体的领袖人物，马锅头是马帮所有人的行动指挥者。马帮的其他成员叫马脚子，各有分工，包括打前哨、给骡马喂料、烤煮食物，还有在马帮队伍的末端"断后"以备不测等。一支马帮如同一支小型的军队，马锅头号令森严，行走之间禁忌众多，自有他们行内的讲究与门道。

马锅头与马脚子这些身份与称谓，还有那些杳如传说的马帮江湖禁忌，对现在仍在坚持跑马帮的阳永生来说，显得陌生而遥远。打小在南充市嘉陵区曲水镇牛角湾村长大，经历过西藏高原军旅生活的捶打、考验与洗礼的阳永生在正值壮年的三十岁时加入当地马帮。三十多年来，他换过六匹驮马。他的马帮生涯中，已没有辈分等级、拉帮结伙。当今的马帮，即便是数匹马及几位马主一起行动，也有主事的负责内外联络，但主事与成员之间地位基本平等。更多的跑马人与阳永生一样，依靠自己的马。

马帮运沙石（一）

马帮运沙石（二）

装沙

一人一马，跑单帮。偶尔的团队出动，也至多是联系到附近四五匹马一起行动。

买马、选马、养马、跑马……阳永生有一肚子的"马经"。阳永生可能不明白买马与选马就是书上说的"相马"，但他知道在川东北山沟间的跑马帮所需的马匹最好是滇马与黔马。二者的共同点是看起来身材矮小，但体格精悍结实，行动灵活，擅长翻山跨沟，即便是长途驮运货物亦有持久耐力，对川东北地形地貌有良好的适应性。

滇马与黔马食草随性、耐粗饲的特点也让赶马人饲养马匹的工作变得相对轻松一些。它们可以在山坡野地自由采食，无须专门割草配料。在拉货辛劳之后，赶马人才会额外提供一些精饲料。阳永生现在饲养的这匹马就是典型的滇马。它腿紧腰平蹄团，即"四大柱"（四条腿）强健有力，脊背骨架平直，无大的塌弯。民间有谚"人看四相，马看四蹄"。根据阳永生的经验，马蹄不能是平蹄，得圆润厚实，"团得好"。

在阳永生看来，要想在南充这种地理环境下平安走马拉货，有很多讲究：每个

129

马帮为乡民解决了"最后一公里"的问题

爬山

跑马人的马匹得合群，不合群的马要么被群马排斥，要么成为害群之马；公马与母马不能伙在一起，公母混处，公马容易失控；走马拉货时难免出现踩坏田垄、践踏青苗等情况，得与沿线居民及时沟通，化解矛盾，力争和气生财；马性如人性，得熟悉并把握好它们的喜怒哀乐。"马，是不会说话的人。听得懂人话，懂得起人情。"马，

一人一马在干活 　　　　　　　　　　　　　　　　　准备干活

敦佑故城下的马帮 　　　　　　　　　　　　　　　　马帮爬坡上坎

运输重物是马帮的主要任务 　　　　　　　　　　　　亲自料理

影像南充：
渐渐远去的乡愁

休息的马帮

让马儿吃饱喝足

干活的中途要给马儿补点"工作餐"

温顺，善解人意。养马、用马之人必须懂马、爱马。以阳永生的驭马经验，任何往复的拉货路线，第一次走赶马人还要牵着马儿走一趟，随后在一群驮马中任选一匹作为头马，给所有的马上好货物后，仅仅凭"走、停"等简单口令，众马就会听令而行，不会出什么差错。完成拉货任务后，人愉悦，马也高兴。它们会打几次响鼻，摆几次头颅，或者干脆在地上撒个欢儿、打个滚儿。在休憩间隙，阳永生会给自己的爱马梳理一下毛发，喂点饲料，检查一下马具的松紧与舒适程度，尽力减轻驮马的劳累和降低它们受伤的风险。人与马，分主从，是工作搭档，也是同甘共苦、心意相通的生存伙伴。

当代南充交通可谓阪上走丸、一日千里。高速公路、高速铁路"双高"并进，嘉陵江新航道直通长江、东流入海，"村村通"工程让汽车运输直抵农家院坝、田间地头。路通百业通、财源通，但日渐发达的交通却意味着马帮退出历史舞台已开始倒计时。尽管马蹄日复一日、年复一年踩踏出的印痕仍然依稀可见，马帮这一千年行当却已江河日下。在南充一些大型施工机械无用武之地的工地现场与偏远的乡村，偶尔有马帮"惊鸿一现"。更多的时候，赶马人们看看着自己的爱马在空地山坡上悠闲地吃草却心无所依。他们的目光在马架子（马背上拉货的铁框）、马鞍、马笼头、缰绳、马掌等闲置的跑马工具上一次次逡巡。当年乡间修房造屋需要马帮驮运的沙石水泥、青砖红瓦等建筑材料，现在依靠一辆小型货车就可以轻松运送。买一匹马至少得花一万元，要是买一头比马更得力的骡子，至少都得花三五万。拉货机会少，十天半月也没有货主上门，入不敷出成了走马拉货的常态。糊不了口，更养不了家。对阳永生而言，侍弄好田地里的庄稼，养好家里百余头大大小小的生猪才有主要生活来源。跑马拉货，日渐成了一种情怀与念想。

这些依靠骡马揽活儿谋生的群体已经算不上严格意义上的马帮，但他们的工作方式还有传统马帮的遗韵。在险峻偏僻、现代交通运输工具抵达不了的地方，还有他们苦苦支撑的身影。在依托当代便利的交通而兴起的电商物流大行其道的今天，日薄西山的马帮运输，是古老交通运输方式留在当代物流潮流中的一抹剪影与残存点缀。历史的烟云聚散激荡，骡马脖子上的铃铛叮当声，或将彻底在南充城乡中消失，但人们更有理由相信，马帮埋头苦干、任劳任怨的勤勉精神，互帮互助的团队精神和说到做到、绝无虚言的守信精神，必将作为农耕文明中的一丝文化记忆长存下去。

干完活路骑着马儿回家

石匠：自"时匠"向"失匠"的位移

撰文：马云骓
摄影：黄世辉

　　从石器时代开始，石头就已是人类重要的生产生活资料之一。随着社会分工的进一步细化，专门从事各类石器打制的石匠应运而生。在变换无穷的各个时代的生活画卷中，石匠与他们的技艺，从市井到乡野，从繁华都市到远村一隅，成为人们习以为常的"时下必需"。

　　"人不学八匠，一生三不像。"川东北地区流传的这两句民谚意指没有一技之

这水坑就是过去采石场遗留下来的

长，在旧时就谈不上有什么社会地位。石匠就是这些备受推崇、可以靠过硬技艺养家糊口的"八匠"之一。同样是在川东北，人们又说"养儿莫学打石匠，天晴下雨在坡上，娶个妹儿怪不像"。人们对石匠这一行当的认知，就在备受尊崇与饱尝艰辛之间摇摆。

錾凿钎撬巨石开，刻削磨雕匠心裁。手锤、大锤、塞子、钢钎、錾子等石匠工具中，最轻、种类也最多的是錾子。尖錾用于打线、孔、纹路或塞子眼儿，扁錾则用于錾削平面、薄板料、清理毛刺等。最重的是大锤，可达六七十斤，必须举稳、打准，

抡大锤

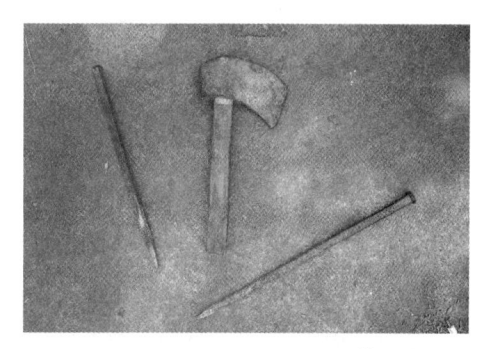

石匠使用的工具

表演采石的诀窍

打錾子 　　　　当年的采石场 　　　　当年的石匠

影像南充：
渐渐远去的乡愁

稍有偏差，扶钎者或举锤者都有受伤之虞。有道是"一个篱笆三个桩"，石匠外出干活，首先得选好"下石脚"（南充石匠对与自己搭档助手的称谓）。下石脚技术好，有眼力，则两人配合默契，安全可靠，事半功倍；下石脚不靠谱，则易生险情祸患。

石匠活儿是力气、经验与智慧的碰撞和结合，是生活，也是艺术。无论采石还是制石，必须"眼睛会看，心里会算"。从粗坯到成品，一锤一凿，千雕万琢，都是气力、眼力与心力的共同作用。它们的融合让石匠的功力内化，实力外显。从石材到成品，潜在的失败与危险总是伴随整个过程，在每个环节都可能出现。造一座石屋，支撑起墙面的是"五柱二瓜"。最长的中柱长达一丈五尺，必须整石打制，切割、粗加工、细加工甚至翻动、运送均可能使其断裂，进而前功尽弃。轻则功败垂成，不得不从头再来；重则受伤流血、致残丧命。

所有石匠活儿的第一步，都是采石，要将巉岩巨石切割为千百块大小不一的石

留下来的石匠合影　　　　　　　　　留下来的石匠不多了

石匠打出的地窖　　　　　　　　　　石匠打出的洗衣台

能压弯腰的大锤

石匠的手锤已生锈　　　　石匠打的磨盘　　　　石头打出的墙体与地面

料。在经验和目力的加持下，石匠日复一日地重复着采石这一化整为零的劳作。硬度、大小、材质、厚薄的判断与选择，打孔加楔位置的掌控，大力与巧力使用时机的选择……这些，都需要在采石过程中娴熟运作。

石料粗坯被开采并送下山后，更能体现南充石匠们精湛技艺的是"制石"过程，即石匠根据人们生活或审美需要，将一块块顽石加工成生活用品或石制工艺品的过程。牲畜家禽进食或饮水用的石槽、存储井水的水缸、储藏粮食的石柜、磨粮食的石磨、洗衣服的石台、房屋的地基、石墙、石腰砖、柱础……这些居家用品，粗糙是表象，皮实耐用方为王道，为生活所用是其制作的初衷与目的。

石头打出的梁柱　　　　　　　　　　　　这是当年打出来的大门

　　艺术性更强的是那些凝聚石匠心血的石制工艺品。人们观赏佩戴的石头挂件、摆放于案头的石头摆件、散发着浓厚宗教气息的石窟和摩崖石刻、庄严肃穆的陵园石雕、宫殿园林中随处可见的大小石件、石阙牌坊、石塔碑刻、纪念石雕……它们或在寺庙神殿、经幢祭坛的袅袅香烟中若隐若现，或于人们触手可及处令人赏心悦目。这些石匠的作品，将历史、生活、宗教等多样题材灵动展现，所表现的动物、植物、人物均栩栩如生。一代代能工巧匠将数千年间的石文化创意、审美理念不断进行继承与创新，通过它们精致再现不同时期人们的生产与生活实况。石头源自自然，石匠的手艺则是人改造自然的手段。经过人工琢磨后，石制品体现的是"天人合一"和人与自然的和谐关系。正是在石匠们的捶打雕镂之间，完成了点石成金、由生活到艺术的升华。

　　出生于20个世纪四五十年代的高坪区佛门乡真武村的石匠刘大成与许正德一回忆起他们数十年的石匠生涯总会口若悬河、激情难抑。作为石匠，他们一起参与了南充市白塔嘉陵江大桥的修建。砌石2.21万立方米，土石方21.42万立方米，耗用劳动力63.86万个工日……这些嘉陵江南充城区段第一桥庞大用料量与工程量便是刘大成与许正德这些石匠的力气汇聚与汗水凝结。根据他们的回忆，为满足白塔嘉陵江大桥用石所需，仅参加今佛门乡小佛山采石场"打旺山"（即采石）的石匠就多达三百人。

　　粮食局、邮电局、味精厂、兽防站，走马乡、长乐乡及附近乡镇等都是石匠们的

示范动作　　　　　　　　　　　　这姿势还有当年的风采

现代的切割机　　　　　　　　　　现代石场

事业场。他们在不同地点不同单位的施工场，在山野，在村镇，更在千门万户。白浆石最硬，立架石难打，平架石加工相对容易……不同的石材，考的是石匠们的眼力和手头功夫。集体改土、下基脚、垒堡坎、铺石板、起腰砖、琢石器……不同场合、不同成品所需要的不同技艺或来自老师傅的言传亲授，或受以石工活谋生的亲属的耳濡目染。刘大成自十七岁师从青莲乡石匠张明万，而许正德在十多岁时则受到姐夫的影响拿起了手锤、錾子。这一拿，就是几十年。他们的待遇从20世纪50年代的一天一毛八（当时可买五斤大米）到六七十年代的一天三块钱左右。尽管21世纪初，也曾涨到上百元，但依然难说丰厚。为挣这份辛苦钱，他们自带工具，自携炊具粮食，早出晚归，吃住自理。个中滋味悠长……

　　在采石过程中，诞生了专属于石匠的民间音乐——石工号子。因为采石艰辛，他

一天时间能打完20块石头　　这些纹路都是石匠打出来的，机器刻不出来

石匠的工作有时简单重复、枯燥　　石匠简单的活动按件记工钱

们需要宣泄心绪，缓缓劲儿，歇歇气儿。他们的歌声在山野间回荡。有道是"号子是个'乱劈柴'，哪里记起哪里来"。石工号子内容即兴、曲调即兴，喊唱内容随景依情，变化不定，肆意高低，时喊时停。

在南充，按照劳作工序，石工号子分为进场号子、打大锤号子、撬石号子、拉石号子、抬石号子等。

最简单的石工号子只有"依儿呀——着！""嗨着嗨着"等寥寥数字，纯吆喝，无实义，是石工们抡锤、抬石时调整干活节奏、凝心聚神、提神鼓劲的技巧与法门。

有石工号子这样咏唱抬石过程：

伙计们把石抬哟　哟火嘿哟
腰杆子往上顶啰　哟火嘿哟
脚板子要踏稳啰　哟火嘿哟
哟火岔路口啊嘿哟　跟到走啊嘿哟
哟火之字拐呀嘿哟　顺到摆呀嘿哟
哟火有个沟啊嘿哟　招呼溜呀嘿哟
哟火有道坎啦嘿哟　慢慢攒啦嘿哟
……

有俏皮的石匠抡大锤时即景编词：

坡上妹儿有点乖喃，
盯紧敲准莫打歪！
……

若遇到天气酷热，石匠这样宣泄心情：

太阳高，
巴到热，
打完这几锤赶紧撤！
……

当代建筑材料的更新与建筑工艺的改变，让石头这一传统建筑原材料逐渐淡出人们的视线。相较于水泥、砖头、河沙的易于获取与加工，石材更重，采制难度更大，运输更不易。人力投入巨大而造价高昂，是传统石材逐渐退出"建筑江湖"的根本原因。因为石匠收入微薄、市场萎缩、从业者稀少、传承无力，千年之业渐渐沦为旧业。

就南充佛门乡而言，现健在的最年长的石匠是汪家山年过八旬的刘德义。刘大

影像南充：
渐渐远去的乡愁

在阆中古城做活路的石匠

成、许正德都超过了七十岁。他们逐渐看不清石头纹理、抬不起重石、举不起大锤。而当代石器加工的现代化、批量化与产业化如洪流滚滚让这些老石匠们难以适应。石匠这一曾经在四乡八里都有需求的"时匠"逐渐向时代边角位移，成为失去用武之地的"失匠"。他们的身影在人们的视野中渐渐模糊。随着老匠人的老去甚至逝去，石工号子、石匠技艺、"打石头"这一行当，都逐渐成为远山遗响、空村回音、渐旧遗迹，最终也将成为历史深处的沉重叹息……

传统民俗

茶馆里的"江湖"

撰文：聂建军
摄影：黄世辉

巴山蜀水产好茶，山水孕育的南充人爱喝茶。古往今来，日日如此。清茶一盏，谈天说地，通江达海。可风云际会，可市井烟火。

"大哥，找个地方喝喝茶，摆会儿龙门阵。"这往往是有事要商量的信号。在街边、或巷内，在江边、或山脚，找一处茶馆，泡上两杯茶，边喝边聊，也许一桩生意、一份合同、一单买卖就谈成了。

龙门镇普法茶园侧面

影像南充：
渐渐远去的乡愁

　　南充人喜欢喝茶，无论男女老幼，无论春夏秋冬，无论阴晴雨雪。南充人喝茶，不顾时间和季节的变化，早上喝晚上喝，家里家外都能喝，有事无事都要喝。南充人就是这样，茶馆是刻进骨子里的记忆，是日常生活的必需。如果一天不喝一杯茶，浑身都不安逸。在过去码头袍哥舵爷江湖风气盛行的时代，除了日常休闲打牌娱乐听川剧，南充人还要在茶馆交流行业信息、办公议事、解决纠纷、说媒相亲等。一座茶馆就是一个小社会，一座茶馆就有一处"江湖"。

　　在南充茶馆喝茶，有喝茶的讲究。南充把盖碗茶底座叫茶船，茶叶叫叶子，首次冲开水叫发叶子，再次向碗里加水叫掺茶，茶碗里剩余茶汤叫茶母子……因旧时茶馆中袍哥人家和三教九流行业帮会人员居多，他们各自形成了一些"茶语"代其"隐语、黑话"，区分你我，便于识别。如现在生活中仍在流传的点水、落教、扎起等。喝盖碗茶的茶盖、茶碗、茶座，在不同场合也有不同的摆放方法，茶盖朝外斜靠茶

高坪区东观镇群众茶园

高坪区东观镇正街茶坊

等凑齐牌友的茶客

老茶馆打烊了

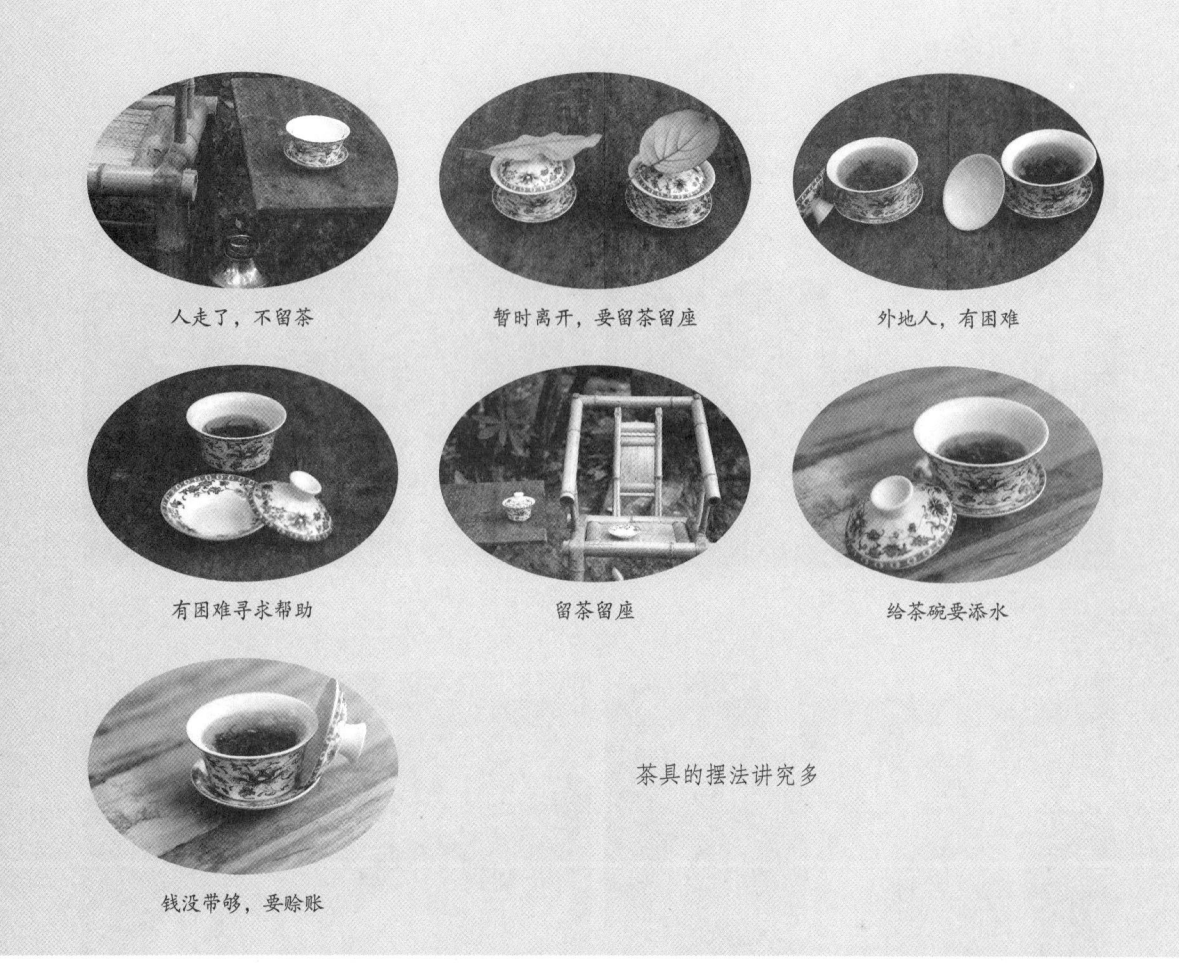

人走了，不留茶　　　　　暂时离开，要留茶留座　　　　　外地人，有困难

有困难寻求帮助　　　　　留茶留座　　　　　给茶碗要添水

钱没带够，要赊账　　　　　　　　　　茶具的摆法讲究多

船，含义是"外地人，有困难"，需要找本地帮会的人寻求帮助。堂倌或茶客看到暗语后，便会在茶馆里寻找可搭把手的人，介绍双方认识，帮助外地人解决难题。茶盖立起放茶碗旁，意思是"钱没带够，要赊账"。喝茶时忘了带茶钱，如有朋友在场，为了避免尴尬，可以此示意茶馆老板，先赊着茶钱，改天再补。茶馆老板也懂得，不会点破，给客人留面子。茶盖朝上放进茶碗，意思是"人走了，不留茶"；茶盖上放片树叶，意思是"暂时离开，要留茶留座"。这些无声的"茶语"，虽然烦琐，却是有形无形的江湖规矩，隐晦而实用。当然，这些行为习惯现在已渐渐消失，仅在一些比较偏远的乡镇上，一些老茶客还在延续着这些传统和习惯。

小小的盖碗，喝的是茶，装的却是江湖。民国时期，位于南充顺庆区簧门街的"三仪茶社"中，革命党人吴季蟠曾利用茶馆人员聚集，常在此进行时政宣传，开展革命活动。喝茶与革命，在茶馆中有了交集。

影像南充：
渐渐远去的乡愁 ▷

老茶馆里喝早酒的茶客

老茶馆里的躺椅

老茶馆里等牌友的茶客

老茶馆一角

龙门古镇的象棋茶馆

龙门古镇的路边茶摊

在南充境内，不仅繁华大街、码头、车站附近有茶馆，偏僻的小街小巷也有茶馆。临近嘉陵江边，文人、游商、船工都喜欢到茶馆逗留、闲耍。茶馆一般分内、外两厅。外厅较大，可设十余张茶桌；内厅一般设茶桌三四张，有的分设若干小间，每间房内设一张茶桌。那时，人们到茶馆里，除了会朋友、交流社会信息外，还可以欣赏民间艺人的表演，如评书、金钱板、清音、道琴等。茶客是观众，茶馆是民间艺术表演的舞台。一些担着小吃的摊贩，掏耳朵、擦鞋子的手艺人也到茶馆，游走于茶客之间，让人们在品尝地方风味小吃的同时，身体也得到放松，真是一件快事。南充人称之为安逸。

在部分乡镇，目前还有一些老茶馆，与民间的川剧团合办。卖茶听川剧，亦是老茶馆的一种生存方式。川剧爱好者相约在茶馆打围鼓，票友坐唱，如若再有颇具名望的艺人挂牌表演或逢庙会节日，茶馆内更是推杯换盏，人声鼎沸，座无虚席。

现在旧式茶馆与盖碗茶并不多见，取而代之的是棋牌室、会所，其间的人们大多只是打牌、聊天、喝茶而已。新派茶饮、工夫茶、围炉煮茶在南充亦盛行。人间烟火与闲情雅致融合并存，当代南充人

老茶馆里的棋牌乐

在老茶园里听戏的茶客　　　　　　老茶客

雨天里的象棋茶馆：对弈、品茗、听雨"三不误"

喝茶的目的，大抵如此。但要说有滋有味地喝茶，还是藏在老茶客那逝去的茶馆岁月中。静心一颗，以观世间；清茶半盏，得悟人生。品饮之间，尘寰是非或近或远，世事风烟或聚或散。一杯盖碗茶，明媚阳光，两三好友，谈笑风生间，光阴故事，悠悠岁月，好不快哉！

悄然而逝的"拜师学艺"

撰文：聂建军
摄影：黄世辉　张娟婷

中国传统文化中有"天地君亲师"一说。"师"，传道授业解惑的人。"一日为师，终身为父"一语道破了千百年来民间师徒关系的厚重。

"拜师学艺"是人类社会生产技艺、生存绝活传承发展的基本方式。"严师出高徒"更是道出拜师人对师傅的期盼与追求。有七十二般变化的孙悟空在众师兄面前显山露水落得个被逐出师门的惩罚，而且还被师傅警告往后惹出事端可不许说出为师

投师文约（一）　　　　　　投师文约（二）

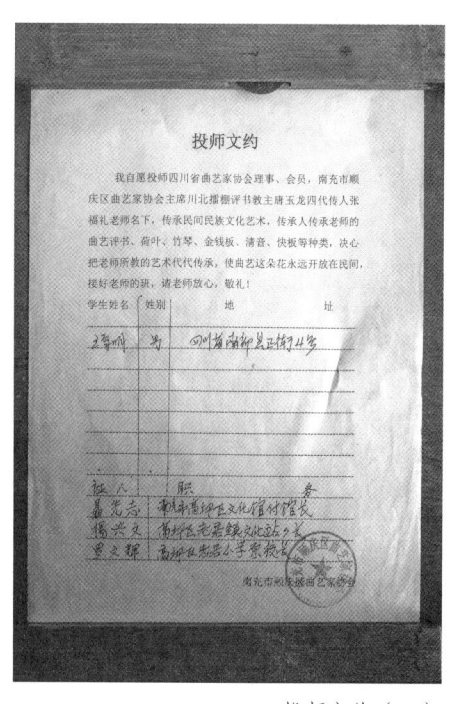

151

影像南充：
渐渐远去的乡愁

拜师帖　　　　　　　　　　　　　　老师的赠品

　　菩提祖师的名号，这固然只是神话故事，但也可见我国传统拜师学艺的严格规矩。东汉神医华佗，明代画圣唐寅，东晋书圣王羲之，都有自己的师傅。无师自通的方家、大家自然是有的，但多数声名赫赫的人，都有师傅的教导。

　　古老的川北大地，更是名人荟萃。其间的师承关系尤其重要。川剧大师陈全波，川北大木偶名家李泗元，骨科名医董顺坤，厨艺大师谢君宪，都在各自领域培养了多代传人。过去，由于生产技术水平有限，人民群众生产生活方式落后，所以生产加工行业的能工巧匠在社会中备受重视。人们把有一定技术的手艺人通称为匠人。在新时期，人们更注重文化艺术、科技卫生方面的师承关系。

　　在旧时，匠人的门类很多，常见的有"五匠"，也有的称为"九匠"，还有的细分成"十八匠"，甚至更多的。在民间，经常出现的匠人有木匠、铁匠、瓦匠、窑匠、泥水匠、石匠、土匠、榨油匠、篾匠、酒匠、鞋匠、漆匠、染匠、雕匠、画匠、剃头匠、弹花匠、补锅匠、杀猪匠、阉猪匠、缝纫匠、修脚匠、磨刀匠、补碗匠，以及金匠、银匠、铜匠、锡匠等。这些工匠，各有技艺，各具特色，都是各自行业里的行家里手、能工巧匠。匠人的行艺方式（即求工的渠道）主要是受雇上门，或写着招牌沿街揽活，或走村串巷挨家喊活，也有的会自制成品或半成品当街自售。石匠、木匠、泥水匠多是写一个纸牌，背着简单的工具到处走；弹花匠肩扛弹花弓，走一段路把弹花弓敲几下，引起路人注意；剃头匠提上一个火炉子、一根板凳，一边走一边喊"剃头，剃脑壳哟"；磨刀匠扛着工具喊出"磨剪刀、磨剪刀哦，铣菜刀"；铁匠等从事金属加工的匠人，基本上是逢场天在集镇某相对固定的地点生火开张，招揽生意。

　　民间的"拜师学艺"更多的是为了生存与生活。学一门手艺，出师后好成家立业。因此，师傅与学徒，既是教学关系，也是竞争关系。无论城乡，各类工艺尤其是手工业的工匠都是要拜师学艺的，也有的是世代相传。当一个人决定要学习某种手艺时，如木工活、泥水工活、石工活等，都必须拜师。拜师有三道基本程序：一是选择师傅，一般是选择那些在某个行业有较高技术、较大名气，能揽到较多活儿做的匠人为师。师傅选定后，还得找熟人托关系，看师傅愿不愿意收。愿意收就要行拜师礼，如给师傅送肉、糖、烟、酒等，有的还要送"礼钱"。若师傅收下了"礼钱"，表明他愿意收送礼人为徒。二是举行拜师典礼。当徒弟的人家举办酒席，请师傅和亲朋、乡邻共同出席，见证拜师。酒宴前，徒弟要跪拜师傅，磕三个头，恭恭敬敬地喊三声"师傅"，这才算正式拜师。之后，师傅会给徒弟赠送本行业的主要工具。木工就送墨斗、斧头、刨子等；石工就送手锤、錾子等；泥水工就送砖刀、灰皿等。然后大家入席庆贺。席间，徒弟要给师傅敬三盅拜师酒。三是跟师学。拜师之后，师傅便让徒弟跟着学手艺。开始时，徒弟多是做杂活、力气活，帮师傅收拣工具、"打下手"。要在对该行业的工艺流程比较熟悉后，徒弟才慢慢做一些带技术性的活路。对于一些"核心技术"，特别是某种"绝活"，师傅要

拜师宣言

行跪拜之礼

徒弟向师傅赠送拜师帖

师兄妹与师傅合影留念

153

影像南充：
渐渐远去的乡愁

向师傅呈投师文约

向师傅敬茶

传统民俗◆

向师傅献花

向师傅鞠躬

155

到徒弟快"出师"时才会传授。在跟师学习期间，一般情况下，师傅只管徒弟伙食，不给报酬，有时徒弟还得自带伙食。如果有的师傅活揽得多，收入高，也会给徒弟一些零用钱。跟师学的时间因行业的不同而不同，一般是三年左右，如木匠、石匠、篾匠等。也有学期一年的，如理发匠、裁缝师傅等。学习期满，徒弟学到手艺了，就要办"谢师酒"谢师。在举办谢师酒的同时，徒弟要给师傅送谢师钱和谢师礼，除烟酒外还要给师傅购买衣服鞋帽等。师傅也会给徒弟"打发"礼品并送出祝贺的吉祥语。师徒关系好的，一辈子都有来往。

旧时，各行都有各自独特的师传习俗，并且作为"行规"代代相传。石匠帮人建房时安置第一块地基石叫"下石"，要收"下石礼"；土匠筑第一板土墙时要收"架墙礼"；木匠修房上中梁时，要收"上梁礼"；篾匠给新娘家打竹席，完成时要收"吉庆礼"；窑匠做砖瓦装入窑里，在点火烧窑时，要收"点火礼"；等等。礼可大可小，看主人家的富裕程度、礼数情况而定，图的是一种喜庆，更是对匠人的一种尊重。

过去师承关系极其严格，毕竟技多不压身，有门手艺就意味着有口饭吃。比如，传男不传女，只传族人不传外人，还有学徒半工半学三五年出师后才可独立门户的陈规陋习。随着社会生产方式的进步，新式培训机构和教学传习方式的改变，民间匠人的生存空间越来越狭小，有的工种已渐渐消失，有的匠人收不到愿意学传统手艺的徒弟，不少师传习俗也随之消失。但工匠精神的弘扬和传统文化的复兴，也必将赋予师承关系新的内容和方式，推进社会文明的进步。

正月十四蛴蟆节

撰文：聂建军
摄影：卢忠民　黄世辉　张娟婷

"蛴蟆"是南充人对蛙类的通俗叫法。以蛴蟆为节日，世上少有，国内也不多。不过在川东北地区的南充市顺庆区、嘉陵区、西充县一带的乡村，却传承着一个古老而神秘的习俗，即正月十四，当地人要举办"蛴蟆节"。

扎蛴蟆

影像南充：
渐渐远去的乡愁

在灯上写字　　　　　　　　制灯筐

在达州文理学院就读的陈宇豪，虽然已经离开嘉陵区三会镇很久了，说起蛴蟆节仍是自豪感和兴奋充满眉目之间。今年，爷爷再三给他打电话，说三会要举办蛴蟆节，吃汤圆，送蛴蟆，"摇嫩竹"，踩高跷，耍龙，放花筒，烧烟火架，好不热闹……要他回来看看。他接到爷爷的电话，一晚上都没睡好。儿时蛴蟆节的欢乐又浮现于脑海中。他决定约几个摩托车骑行爱好者，以骑行方式参加三会镇上举办的蛴蟆节。在服务区休息时他和我们讲，在南充境内西充河流域一带的方言中，"蛴蟆"读作"ké mā"，或"qié mā"。"蛴蟆"标准读音为"qí má"，基本意思是青蛙、蟾蜍。

蛴蟆节的神奇和起源在哪里？众说纷纭，不过还是要从张献忠说起。明末他率领的起义军进入四川，使当地长年累月饱受战乱，导致尸横遍野、血流成河、瘟疫流行，甚至出现了与"千村薜荔人遗矢，万户萧疏鬼唱歌"相似的惨状。时值正月开春，万物复苏，田间地头出现了冬眠后的蛴蟆，也就是满身疙瘩的蟾蜍，俗称癞疙

满山遍野的蛴蟆灯

送灯下河

宝。人们讨厌蛴蟆，觉得它丑陋、肮脏，是不祥之物。瘟疫流行，人们找不到原因，认为是蛴蟆导致了瘟疫。后有一道人，点化乡民于正月十四扎灯祭龙，方可送瘟去疫。此后瘟疫果然渐渐消去，至此蛴蟆节流传开来，进而在农历正月十四举办，甚至当地民众对此的关注度超过了传统元宵节。

蛴蟆节这天，家家户户清早即开始制作形态各异的蛴蟆灯。共兴镇的蒲师傅说：制灯得选嫩竹，将竹子的一头敲破，拿一个用竹子编成的圆圈，把敲破的竹子一端撑圆，外面再糊上一圈白纸或红纸，在灯笼底部竹筒里灌入稀泥，插上蜡烛，再加以彩绘，便成了一只人们祈求平安、消灾避难的"蛴蟆灯"。像这样的蛴蟆灯，蒲师傅在节前开始制作，蛴蟆节当天至少要在镇上销售上百个。灯扎好后还不能在屋内摆放，因此此灯是瘟疫的象征，只能插入屋外土中晾晒备用。

正月十四天刚亮，四面八方的游客和当地群众就汇聚在一起，摇嫩竹、祈福、

现代又有了不同样式的灯

人们放着鞭炮和烟花送灯下河，送走瘟神

放烟花一起送蛴蟆

舞龙，品尝当地的锅盔、凉粉、汤圆等小吃，手持形式多样的蟒蟆灯，穿梭于大街小巷。这时的三会镇，几条街道都摩肩接踵。乡场逢熟人，寒暄三两声。人们互相招呼，互相问候，大人小孩快乐无比。由于蟒蟆节是民俗活动，远近闻名，也引来不少

蟒蟆节也是亲友团聚的日子　　　　　　　大人们带着小孩子一起送蟒蟆

大蟒蟆灯要几个人一起扎才能完成　　　　家里有几口人就扎几个蟒蟆

给扎好的蟒蟆里放蜡烛　　　　　　　　　大蟒蟆扎好后，里面也要放蜡烛

161

影像南充：
渐渐远去的乡愁

去枝、去结、刨光，便于手持 　　　选竹扎蛟蟆

八十多岁的邓太婆自己动手做蛟蟆 　　年轻人扎的彩色的蛟蟆灯

看看我做的蛟蟆灯 　　街上卖的蛟蟆灯

◆ 传统民俗

有大家合力做蛴蟆的，也有独自做的 　　　　有的把灯做成白色的，有的把灯做成彩色的

送灯的人越来越多，男女老幼，全家出动 　　做好的大蛴蟆，需四人抬起

送蛴蟆灯的队伍出发，一路走一路有人加入，　　送蛴蟆的队伍延绵几公里
人越来越多

的城里人前来旅游观光，共同扎蛴蟆，送瘟神。至夜色渐起时，人们开始自行结队，边手持蛴蟆灯，边哼唱着"十四夜，送蛴蟆。蛴蟆公蛴蟆婆，我把蛴蟆送下河"的童谣。一般镇上有扎得特别大的蛴蟆，需几人才能抬起。这几人便抬着大蛴蟆灯，一边

163

影像南充：
渐渐远去的乡愁

放祈福灯

家家都要送蛴蟆灯

在水塘边点燃蛴蟆灯

吆喝一边唱蛴蟆歌，走在前头。后面人们自行排起队，手持蛴蟆灯，边走边唱。队伍延绵数公里，宛如灿烂的星河，璀璨壮观。送蛴蟆的队伍到镇外的河边或堰塘边，将蛴蟆灯放入水中，或插入田间地头，或焚烧，以此表示将瘟神送走。霎时间，大大小小的蛴蟆灯如繁星点点，如东风夜放花千树，分外壮美。老百姓通过蛴蟆节这一特殊活动送走瘟神，以寄托他们对平安健康、五谷丰登的美好追求和愿望。同时蛴蟆节也是当地群众自发组织、参与性最高的节日之一。小陈的同学说："我还是第一次在正月里这样过节，与我们那里大不同，非常有意义，古老而神奇，传统而传奇。我要记下这一活动，发到网上，告诉我的朋友们！"

近年来《中国国家地理》杂志等媒体的先后报道，使蛴蟆节成为南充一项重要的乡村传统旅游活动，也被赋予了新的内涵和意义。明朝末年延传至今的民间传统习俗竟这般有乡愁情怀，有技艺传承。送蛴蟆，送的是瘟神，迎的是生态文明，呈现的是当地人对人与自然和谐共生的向往。

川北婚俗

撰文：聂建军

摄影：黄世辉　张娟婷　张景轩

每逢周末或节假日，在南充印象西河入口处，护栏上便会挂满红红绿绿的各种相亲卡片，这是由南充彭女士"喜上眉梢"婚介公司创办的相亲角。像这样的地方，南充有好几处。相亲卡一挂出来周围就有络绎不绝前来围观的人群，通过一张张卡片来找寻自己的意中人。南充的张琴女士，常在游轮、酒店举办交友派对，男女嘉宾缴费

蒲府迎亲

报名，通过一系列才艺展示、自我介绍等环节来进行爱情速配，不少人通过这样的方式实现"牵手"成功。

婚姻是人生大事。过去的"父母之命，媒妁之言"在现在并不多见。程式化的传统婚礼也早已有了诸多形式上的转变。现代婚礼大多由婚庆公司来操办，有露天草坪婚礼，还有教堂婚礼以及常见的酒店婚礼。在耀眼的灯光、动听的音乐中，宾客听着主持人动情的话语，推杯换盏祝福一对新人，沉浸在喜庆氛围。你绝对想不到，有一种婚礼还要哭着举行，这就是南充婚嫁习俗中的"哭嫁"。

旧时，婚姻大事，都是"父母之命，媒妁之言"。通常的流程是：父母家人委托媒人上门说合；提亲时彼此介绍，互相交换生辰八字帖，看是否合婚，如对方不收彩礼也不出具庚帖即表示不同意，如若同意即互相交换庚帖礼物；接下来订婚男方向女方送聘礼（南充民间也叫过礼或下聘）；之后便是择期迎亲。这些繁复的程序处处

川北媒婆

婚嫁礼局

弟弟背着姐姐下楼

出嫁的女儿告别父母

婚礼现场的唢呐队 　　　　　　　　　婚礼现场的小朋友

跨火盆 　　　　　　　　　　　　　结婚大事

　　　　　　　　　　　　　　　　结婚宣言

体现了中国人的礼仪。每个程序都要使用专用的格式和文字来书写帖子，必须对仗工整，成双成对。如庚帖书写如遇一方是两个字的名字，则必空一格书写，不能减少；如遇生日在二十几日则写成廿不能增多。旧式婚礼有纳采、问名、纳吉、纳征、请期、亲迎六礼之说。但在川北南充诸多礼仪程式中，哭嫁坐歌堂确实是最具特色的习

影像南充：
渐渐远去的乡愁

婚礼的堂屋布置 　　　　　　　　　跨马鞍

冒着大雨迎亲 　　　　　　　　　　冒雨吃坝坝宴

谢厨 　　　　　　　　　　　　　　谢媒

俗之一。据说这源于客家人的民俗习惯，通常在出嫁前夜在娘家堂屋里举行。参与人员多为妇女和未出嫁的姐妹朋友，先由年长者起头歌，然后以出嫁姑娘主唱其他人陪唱的方式开唱。

例如，新娘唱：油菜花开一树黄，哭我爹娘狠心肠，女儿放得这么远，想回娘家路太长。

婶姨唱：上田挖藕下田载，荷叶对到莲花开，荷叶开起要装水，莲花开时媒人来。

众姐妹唱：我们从小耍到大，如今你要嫁人家，往后难得一见面，再见都是娃儿妈！

新娘边哭边唱：媳妇没得女好当，还是做女欢乐多，嫁人莫找年轻婆，年轻婆婆脾气大，做得不好得罪她，公婆不好要挨骂，弟兄多了要分家。

姐妹安慰唱：新编米筛格子稀，我劝新姐莫怄气，姑爷家中富得很，用的金子贴大门。

唱词通常借物喻事，大多新娘先叩谢父母养育、哥嫂帮助，接下来从姑舅姨叔至远亲近邻都以哭唱的方式叙述情谊。曲调多以山曲民歌为主，也有骂媒婆的唱词，如

掌盘师 　　　　　　　　　　　　　　　迎亲

贴着喜对的大门 　　　　　　　　　　　支客师

影像南充：
渐渐远去的乡愁

准备抬盒的物品

客家婚礼坐歌堂

170

"天上飞的是雁鹅，地上最坏数媒婆"。不过这个骂可不是真的骂，有说法是骂媒人骂得越厉害，媒人才越脱晦气。也有哭家具摆设情景、房前屋后情景的内容，以表达对娘家环境的留恋。还有的唱词表达父母关爱，亲朋不舍之情……内容丰富，林林总总，不一而足。

哭嫁坐歌堂一般三至五天，也有哭七天甚至半个月的。但当下大多女方平时要得好的姐妹们，互相嬉戏，唱流行歌曲来以唱代哭。这样的特殊民俗现在并不多见，就是在客家居住较集中的地区也少有了。

婚姻大事重要的一项内容当然是举行婚礼。在整个婚礼和宴席中，支客师（一说支客司，即支使安顿客人）有举足轻重的地位，支客师的水准如何也决定着婚宴质量如何，其工作涉及仪式流程、礼节、宾客席位安排等。新郎家通常要请当地有文化、懂礼节、懂习俗、能说会道，有一定威望的人来当支客师。婚宴开始时，支客师安排客人入席，首先将男女长辈贵客安排在贵宾席的首席位子上，再安排姑父母、舅父母、姨父母等嘉宾作陪，下席后，或饮茶，或闲谈，或散步，都由上述嘉宾陪同，不能逾越怠慢。过去结婚举行坝坝席，婚宴是结婚这一人生大事中极为重要的。十里不同音，百里不同俗，婚宴常因座位、礼节方面的差错使宾客产生不快，出现难以挽回的局面，可见支客师的作用尤为重要。

川北婚礼但求儿女多福，彩礼都是重"彩"不重"礼"。这是思想进步的体现。举办婚礼，南充乡村盛行八大碗，开坝坝宴，并雇佣鼓乐吹打。每上一道菜，唢呐乐手便吹奏一曲伴以报菜名，颇有地方特色。近年，川北婚嫁坐歌堂虽已入选非遗保护项目，但不少传统婚嫁礼仪也正在被新的方式所取代。融民间吹打、歌唱念颂、饮食文化、礼仪信仰为一体的南充婚嫁习俗已在悄然转变，有消失的环节，当然也有新增的礼仪。无论青梅竹马，还是千里姻缘，自婚嫁始，有人伴我立黄昏，有人问我粥可温。新旧交替中，一代又一代南充人，最难忘的当然莫过于自己嫁娶的那一天、那一刻。所谓人生大事亦莫过于此。

车夫的背影

撰文：聂建军

摄影：黄世辉　张娟婷　卢忠民

中国人的日常，讲究衣食住行。从古至今，"行"是社交往来、生产生活的需求，更是影响一个地方经济社会发展的基础性条件。靠江沿河之地，交通发达，往往社会经济也发达。过去，蜀道难，难于上青天；而现在，蜀道便捷快速，由"难行"

在路口等客的三轮车夫

古镇上的三轮车夫 　　　　　　　　　　　守在菜市场的车夫

在学校门口等下晚课的三轮夫 　　　　　　快捷午餐

　　渐变为"便行"与"易行"。一日千里，已是寻常之事。人们进川出川，有诸多种选择。

　　而在过去，南充和大多地方一样，使用码头轮渡、骑马坐轿、人力滑竿等出行方式。民国时期，南充街头出现"洋马儿"——自行车。随后南充工商界集资从上海购回一批美国产福特汽车，成立顺通汽车公司，南充街头才出现为数不多的小汽车，但大多还是为公务或商务所用，普通群众还是"望尘莫及"。1931年南充设立汽车站，但直到20世纪50年代城乡公路普及、交通运输改善，寻常百姓出行才有所改善。

　　如今的交通出行，可谓是太方便了，选择的形式多种多样，甚至一家人出行，都可以选择不同的方式来满足。这要是在以前，那是不可想象的事。现在，使用一部手

影像南充：
渐渐远去的乡愁

寒风里等客的车夫

风雨里的三轮车夫

清晨揽客的三轮车

疫情期间的车夫

乘客扫码付款

车夫们的娱乐

迎亲的三轮车车队

三轮车婚车

乘三轮车结婚的两位新人

机（订票，选座，打车）就能解决所有的交通问题更是超出想象。让人由衷感叹时光飞逝，时代变化太快。如果把记忆拉回到20世纪八九十年代的南充，那个时候，穿行在南充市大街小巷的还是人力三轮车，是摩的，是偏斗车，可能你也坐过。

不过要说众多交通工具之中最亲民的，还是人力三轮车。这类车由三个车轮、一块帆布、一个座椅构成。车夫与客座之间的一块空间，可以放行李，可以放随手的

影像南充：
渐渐远去的乡愁

车夫的早餐

候客的三轮车夫

购物袋。三轮车夫靠一双脚来踩，产生行驶动力。热闹的菜市场门前，三轮车夫有序地排着队，等待到市场内买完菜回家的大叔大婶们出来，帮助他们解决最后"到家的问题"。三轮车小巧、简单，穿街走巷方便，加上车夫力大热心，可以给客人搭把手，有时，还可以帮客人将物品送上楼，这就有了其他交通工具不可替代的作用。所以不管男女老少，只要在街头、市场口、路边，吆喝一声"三轮！"，车夫即闻声而至，待客人坐好后，拿起挂着的大茶杯，满满地喝上一口，似乎在为自己"加油"，然后按响车铃，便穿街过巷。那精神气，那用力踩三轮的豪迈劲儿，那满头大汗也遮不住的笑容，是他们对劳动致富的信心和对美好生活的向往。

一天踩三轮车的收入，可以养活一家人，可以让自己的小家过上不错的日子。虽然辛苦劳累，他们也觉得非常值得，不求人，凭自己的劳力挣钱，凭自己的本事挣钱，累得安逸，挣得快乐。后期，随着技术革新，大多数三轮车由人力改进为电力驱动，变得更加省力，但随着出租车、共享单车、私家车的增多，街头已经难得见到人力三轮车。三轮车夫逐渐落寞地退出了历史舞台。

在人力车行业中还有一种拉架子车的师傅，那才是辛苦。他们大多从事搬运，靠自己的两手两脚，不光是拉货还要装卸。遇上高楼层或爬坡上坎的地方，不只要体力，还需智力和技巧，他们得想办法把那些比人还高的家具货物连拉带扛，搬运至雇主要求的地方。一般人不是行家里手还真驾驭不了。不过现在因装吊设备的普及、道路建筑的规范，人力架子车已难寻觅踪影。

过去街头车夫们在等客的地方，大多聚集在一起，打长牌或摆龙门阵，当有雇主雇用时便按照车辆停放顺序去完成业务。都是下苦力吃饭的人，不争不抢。行业有行业的规矩，车夫有车夫的讲究。

目前，在南充市内，只有极少地方还可以看到三轮车排队的场景。清早在一、二市场出口处，中午、晚上在南高的科苑街边，黄昏在人流较多的1227步行街背后，还有三轮车夫的身影。这些从事货运或载客的人力车夫，以孤寡老人居多，也有部分失业人员，年轻的多是进城务工赚钱补贴家用，年老的赚点钱回家养老安度晚年。有的一干这个行业就是几十年，一辆车，一个人，就是他们的全部家当，无论寒来暑往，蹲守在街头巷尾，期待着一声"三轮三轮！"。

时代的发展，技术的进步与迭代，带来了交通及出行的便捷、多样，但铃儿响叮当，人力车的慢时光也是别有韵味的回忆。回首往事，都是来时走过的路，我们坐过三轮车的一代人应该向三轮车夫远去的背影致敬。毕竟，坐三轮车"打望"的日子渐行渐远了。

南充民间的清明会

撰文：聂建军
摄影：黄世辉 张娟婷

　　清明在中国人的心目中，地位之重，情节之深，概莫能外。文人圣贤关于清明的诗歌文章，更是俯拾皆是。印象最深的莫过于杜牧笔下的"清明时节雨纷纷，路上行人欲断魂"。人们在这一天，踏青扫墓，寻根问祖，祭祀先人，追思报恩，激励后辈。清明节，万物清明，遥寄哀思：清风明月本无价，近水遥山皆有情……年年祭扫

祭祀宗祠前的谋划

川北有用猪头祭祀的习惯 　　　　　　　　　帮助外乡人查族谱

放供果的老者 　　　　　　　　　　　　　　老人在看族谱

先人墓，处处犹存长者风……春风已解千层雪，后辈难忘先烈恩……诗篇自有万口传，藏着人们对先人的怀念和对后人的期盼。

　　南充境内的清明节，俗称清明会，也就是借清明节办会的意思，是旧时家族聚会的主要方式。清明会一般以姓氏为宗，以临近的同姓人为主，通常由家族德高望重的长者号召，修缮墓碑、祠堂，祭祀先祖，续修族谱，认祖归宗，操办酒席。费用由家族平摊，也有部分成功人士赞助。旧社会重男轻女不许女性参加清明会，但如今也不讲究这些陈规陋习，女性参与得越来越多，但主要是做一些清洁和厨事，重要的祭祀活动还是由男性主持参与。过去，参会的人员都要带点豆芽，一是以备吃食，二是豆芽生长快，有生生不息之意。所以在南充过去的清明会还被称为"豆芽会"。

　　南充是三国时期蜀汉大臣、学者、儒学家、史学家谯周的故乡。谯氏家族祭祖活动是南充境内影响较大的清明会活动。每年清明这一天，会首按旧时礼节有序安排各项活动。一是修墓上香，由后代长者带领，对先祖的墓地、牌位、石碑进行打扫和清洁，完毕后沐手上香，人多时，要按辈分、尊长依次上香。二是祭供酒食。隆重的祭供大三牲，即羊、猪和牛，羊代表祥和，牛代表勤奋，猪代表富足；简单的供小三牲，即鸡、鸭、鱼。三是烧纸祭拜，一边烧一边祈福。四是叩首（磕头）叩拜。纸钱烧完之后，便开始叩首。五是燃放鞭炮，象征红红火火。六是长者讲话或念祭文或入族宣誓。七是集餐。每年的祭祀活动，都有固定的流程和仪式，一般提前几天就要准备，然后通知族人祭祀的时间、地点等。到那一天，身处天南地北的谯氏族人汇聚南充，忆古思今的同时踏青郊游，结识新友，联络感情，洽谈商务，交流信息，共享资源。旧瓶装新酒，为清明这个传统节目赋予了新的内容。

旧时，人们穷，办不起会，有时几年才办一次。现在日子好了，清明会也就年年都办。不止谯氏人办，陈氏、黄氏、宋氏等家族都办起来了，也让清明节在南充民间再次热闹了起来，成为仅次于春节的重大节日。

"老乡见老乡，两眼泪汪汪。"清明会作为联络宗亲，维系家族情感、同姓同门同宗的血亲关系而在民间广为流传的活动，其目的是期望家族的兴旺发达，期待通过联系形成纽带，实现族人共同富裕，有其非常积极的一面。但是，过去的清明会也有封建社会门第之见、恃强凌弱、倚贵欺贱等糟粕。清明会期间家族长者，会对照家谱族规来处罚家族内违反制度的成员，轻则家法伺候，重者除名除籍。遭受过这样惩罚的人，在过去那个年代，很难在社会立足。这些陈规陋习，应该去除。

入族仪式通常也是清明会的重要事项，也是很热闹的事项。户族中，满5岁的新生儿和家族中娶的新娘子，全由长者带领，提一只大红公鸡在墓碑宗祠前，烧香祭

长者为牌位点红

祖先的牌位入宗祠

清点供奉祖先的牌位 　　　　　　　　　三位长辈齐敬祖先

做事不分彼此 　　　　　　　　　　　一家有事大家都来帮忙

烧纸钱祭祀 　　　　　　　　　　　　好奇的年轻人

祖，然后由族长在家谱中按字辈登记入册，就算正式入族。

现在的清明节，文化内蕴越来越丰富。机关单位、学校要组织开展祭扫烈士墓、向烈士敬献花圈、宣誓等活动，形式也越来越简单庄重。无论是百姓祭祀先祖，还是

清明会的招牌

宗亲大会　　　全族人在族长的带领下向祖先行礼　　　购买族谱

组织缅怀英烈，清明这个节日既让时间积淀了无法比拟的厚重，也让血脉亲情延续。那默默的哀思、淡淡的伤怀，构成了人间烟火、浮世众生生生不息的景象，在发扬传统美德的同时又有广泛的现实意义和社会意义。尽管清明节有一些逐渐消失的习俗，也有当今社会新增的内容，但不变的永远是人们对家族和血脉、对国与家的认同与情怀。

绸都与蚕的风俗

撰文：聂建军
摄影：黄世辉　张景轩

"源远流长嘉陵江，千年绸都南充城。"南充自巴子国开始，种桑养蚕已3000多年。南充的蚕桑业发达，得益于南充位于四川盆地东北、嘉陵江中游，有得天独厚的地理位置，以及气候温和、雨量充沛的天然条件。"巴蜀人文胜地，秦汉丝锦名邦""天上取样人间织，满城皆闻机杼声"，这些脍炙人口的词句是对"蚕桑之乡""丝绸之城"南充的形象写照。2005年4月，中国丝绸协会命名南充为"中国绸

快要上茧的蚕

都"。2016年，中国丝绸协会授予南充"丝绸源点"的称号。两大荣誉集于一身，这是南充作为丝绸之路节点城市的巨大辉煌。

在南充至今还存有桑园坝、茧市街、丝绸路等地名，这是南充丝绸文化的历史遗痕，可见南充人与栽桑养蚕织丝的深厚渊源与情感。20世纪70年代至90年代初，有着南充丝绸最为辉煌的记忆。因养蚕栽桑而形成的节日也不少，从这些节日中，我们可窥其时栽桑养蚕之盛。

南充民间有祭蚕神、送丝蚕、唱诗（丝）会、三月三祭老蚕上树等习俗。这些习俗，有的还在流传，有的则只留存在老人的记忆里。姑且撷列如下：

（一）"祭蚕神"

"祭蚕神"又叫"蚕过年"。南充视嫘祖为蚕神。每到农历正月初八（即蚕过年），养蚕人必早早起来沐浴更衣，而后到蚕神庙中烧香许愿，祈求蚕茧丰收。在养

采桑（一）

采桑（二）

采桑（三）

采桑（四）

采桑人（一） 　　　　　　　　　　　　采桑夫妻（一）

采桑人（二） 　　　　　　　　　　　　养蚕夫妻（二）

蚕育种期间，蚕农们也都要祭拜蚕神。他们一般用糯米、豆类煮成稀粥，称为"蚕花饭"，舀上一碗，供在桌案上，然后上香焚纸。有的还将蚕神的画像挂在蚕房，让她随时护着蚕儿生长。

（二）"送丝蚕"

南充境内有的地方，如阆中市清泉乡还有"送丝蚕"的习俗，即每年正月初七"起灯"、正月十五"倒灯"的习俗活动。

"起灯"时，选声望极高的人作为"灯头"，手提一盏纱灯笼走村串户，有为主人家"送丝蚕"之意。如主人同意便在其楼柱贴上"请"字。然后，锣鼓队及戴着面具的

给蚕换床 　　　　　　　　　　　　家庭养蚕

养蚕大户 　　　　　　　　　　　　天虫

"老神仙"二人（男女）、童儿二人、花娃十人进入贴有"请"字的人家，组成三组串花队形进行演唱，主要内容是"一颂主家丝蚕茂盛，二颂主家五谷丰登，三颂主家太太平平，四颂主家财源广进"，以示"谷妇蚕女参拜您，风调雨顺国太平"。该活动一直持续到正月十五结束。

（三）"唱诗（丝）会"

据传，南充的"唱诗（丝）会"起源于唐宋。因"诗"与"丝"音似，所以它是将普遍的元宵灯会与南充特有的蚕丝文化相结合的一种民俗现象。旧时，每逢元宵节之夜，南充全城家家户户扎灯庆贺，开始一连三晚的"唱诗（丝）会"。人们在灯罩上写与蚕丝相关的名家诗作，以观诗、唱诗寄托对蚕丝丰收的美好愿望，从而形成了川东北一带独特的"唤蚕诗"的民俗。宋人彭永曾在其《元宵》诗中写道："巴人最重上元时，老稚相携看点诗。行乐归来天向晓，道傍闻得唤蚕丝。"

（四）"三月三祭老蚕上树"

农历三月初三，古称"上巳日"，是古人出门踏青的日子，也是中华民族的重要节庆日。在南充它又增添了与蚕桑相关的内容。从古代到民国时期，南充城区及其附近的许多养蚕大户，在这天也借此踏青赏春之机登上西山，并向天祷告。他们焚香、烧纸、磕头、作揖，以祈求蚕娘娘赐福于蚕农。故而南充民谚有"三月三日晴，树上挂银瓶"之说。蚕农称老蚕作茧为"蚕上树"，"树上挂银瓶"指蚕结出的茧子又大又多。他们认为三月初三这天如果天气晴朗，那么这一年的蚕茧就一定会得到丰收。

（五）养蚕织丝禁忌

养蚕是一个精细活儿。蚕房中空气、桑叶等的卫生状况对蚕的生长均至关重要，

络丝

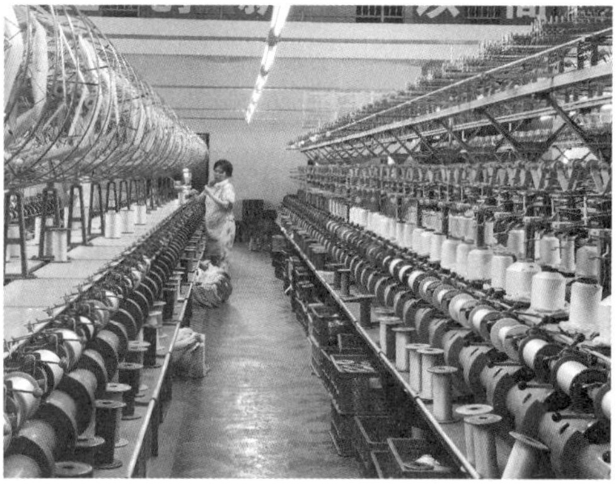

捻丝

接丝

经线纬线

影像南充：
渐渐远去的乡愁

织锦　　　　　　　　　　　　　　一丝不苟

故而民间视蚕为"小气虫"，一切污秽之物、污秽之气不得侵入蚕具蚕房。如此，便形成了许多禁忌。例如，忌面生之人；忌在蚕房里吃姜（因"姜"与"僵"同音）；忌食蚕豆（认为其有"蚕儿"被吃之意）；忌在蚕房内吸烟、烧纸；忌在蚕房两侧摆放碓窝、杵棒；忌人或物在蚕房发出声响；忌饮酒后进入蚕房；忌产妇及戴孝之人进入蚕房；忌在蚕房周围焚烧杂物；等等。

此外，在南充缫丝业中还有"祭机头"的习俗，即丝厂老板在每月逢农历初二、十六两天给雇工"打牙祭"（吃肉）时，还会在每张织机上敬上一块猪肉，并燃香烛，磕头作揖，以祈求神灵保佑蚕丝或织机不受损害，织机缫丝生产顺利。此刻，"万物有灵"，织机也变得神圣起来。

20世纪90年代初，南充丝绸业发达，办过8届丝绸节，见证了栽桑养蚕的繁荣，但随着工艺技术和市场需求的匹配，过往的绸都辉煌已不复存在。近年来，南充将丝二厂旧址建设为工业文创园区，并申报为"丝绸源点"，以旅游文化来助力蚕丝业复现新的生机。

千年绸都，百年银杏，每年银杏叶金黄的时候，厂区里便游人如织。

幺妹幺妹快快长，
长大好进丝二厂。
伙食巴适工资高，
干部军官随便挑。

生绸检验

世界丝绸源点博物馆（老丝二厂区）

这首民谣曾被常挂在老南充嘴边，诉说过往的绸都记忆。盛事难永存，浮沉几春秋。那些种桑养蚕的风俗，渐渐消弭在岁月之风中，渐渐变得影不可见、迹不可寻……

修房造屋的习俗

撰文：聂建军
摄影：黄世辉

　　南充人杰地灵、山川丰富，历来对修房造屋、居住环境比较讲究。有的南充人穷尽一生，也要把居所修缮好，以图安心舒心、家业兴旺。人们坚信，居家所在若为风水宝地，必出卓异人物。在仪陇县马鞍镇，有朱德故居，当地有一说法：因故居地形酷似马鞍，所以出了戎马一生的元帅朱德。由此可见居住民俗对南充群众的影响。

川北民居正面图

旧时，川东北地区的房屋结构一般是穿斗式木结构或者夯筑式土结构。在城市拓展和新农村建设中，现代化建筑群正在不断发展，但是一些居住民俗仍在延续着。南充境内的民居多"坐北朝南"，其内部房间的安排与其他地方相差不多。一般农村的民居就更没有多少讲究。以一字形民居为例，居中的"堂屋"往往用作吃饭或待客，其两侧多作为"歇房"（寝室），东侧为厨房，房后为猪圈，西侧"偏厦"放杂物。旧时南充人的居住房间安排大多如此。

在南充人看来，修房造屋是大事，很讲究。简单的民房一年半载便能修建完毕，复杂的却要几代人接力才修建完善起来。从谋划、选址、勘基，到破土、奠基、上梁、立门，再到乔迁，一项项，一段段，既有智慧的选择，又有民俗的禁忌，还有定式的仪轨。择其中几件来详述。

建房筑屋，选址当先，选址为重。孟母三迁其家，既有择地的智慧，更有择邻的决心。南充居民选址原则主要有四：一是符合坐北朝南、前低后高的地形走势，即选择背风向阳、冬暖夏凉之地；二是有泉水，以保证生活取水的方便；三是宅基前面有溪流或左右有沟渠，以利于排水通畅，避免泥石流等自然灾害；四是门前视野开阔，阳光充足，有利出行。这与今天人们对居住环境的要求大致相同。此外，过去人们选址时还要考虑房门的所谓"朝向"；一些大户人家还有在大门上、下方置"门当""户对"以作镇宅之用，确保宅院安宁等。选好址后，还要请专业人员勘察宅基地形，确定方位朝向；请设计师设计楼层、大小、布局、用料等。

"破土"动工是修房造屋的大事，旧时人们往往都要请专人来"看期"，选择所谓的"黄道吉日"，并要在破土时举行典礼仪式。仪式中，主家要在主屋（一般为

| 确定地基 | 用石灰画线 |

影像南充：
渐渐远去的乡愁

堂屋）悬挂红布（俗称"挂红"），摆设蜡烛，燃放鞭炮；主家要手持三炷香，向土地公、财神、列祖列宗三叩九拜，祈愿保佑修房顺利平安，庇护全家安康；随后，主家则用锄头或铁锹在正屋挖三锄，表示房屋正式动工。"破土"后就是下基石，也叫"奠基"。在安放第一根基石前，主家会在堂屋的中心位置摆放一根条凳，在上面摆放好祭品，点燃鞭炮及香、蜡、纸钱，再由掌墨师祭告神灵。其后，石匠掌墨师按测定的方位用石灰或草木灰把房屋的轴线画出来（俗称"放线"），并在堂屋大门的正中安放第一块基础条石。在安放条石的过程中，掌墨师还要念唱吉利口令："修房石头先行官，今日来把基脚安。玉石打底金盖面，修起华堂高又宽。水晶玉石长又方，主人拿来修华堂。吉日墙脚安稳当，人兴财发福无疆。"在第一根条石安放好后，主

传瓦 　　　　　　　　　　　　　　传瓦人多力量大

老年人也特地来帮忙 　　老把式吊车好用 　　梁上写着红字

全木结构房屋　　　　　　　　　　　　　　用上了现代工具

家要给所有参加施工的人员派发红包,称为"下石礼",然后施工人员才进行其他条石的铺设。

"上梁不正下梁歪,中梁不正倒下来。"上梁是修房造屋时重要的环节,梁上了,也就代表屋基本上造成了。过去,南充森林资源十分丰富,以柏树最为普遍。民间建房多采用穿斗式木结构。其中的木架在南充被称为"排扇",由木匠在地面制作组合而成。"立排扇"是修建木结构房屋的重要环节,无论是主家还是匠人都十分重视,首先要选择黄道吉日。"排扇"一般是先立东边,后立西边,立时要挂红、祭祀神木,然后众人由掌墨师指挥在鞭炮声中吟诵《立排扇》的赞词,再合力将排扇立起。排扇立起后要上梁、逗穿方、立柱头,匠师们在此过程中都要赞颂与祝福。"上梁"用的梁木往往是由大树中最好的一段木材做成。要在举行"祭梁"之后才能"上梁"。"上梁"也必须选择吉日良辰,一般都选择辰时,即上午的7时至9时。民间认为此时正是旭日初升之时,选择此时上梁寓意紫微高照、家主顺昌、万事大吉。"上梁"包括"拴梁""发梁""起梁""拉梁""搁梁""压梁""封梁口"等。在这些过程中,匠师都要吟唱祝福之词。上梁仪式后,主家要操办酒席,并给参加上梁的匠人派发"上梁礼"。

"立门"主要指安装堂屋正门,这是修建新房的一道庄重的程序。堂屋是民间

影像南充：
渐渐远去的乡愁

上梁仪式准备开始

上梁仪式

上梁大吉

祭神

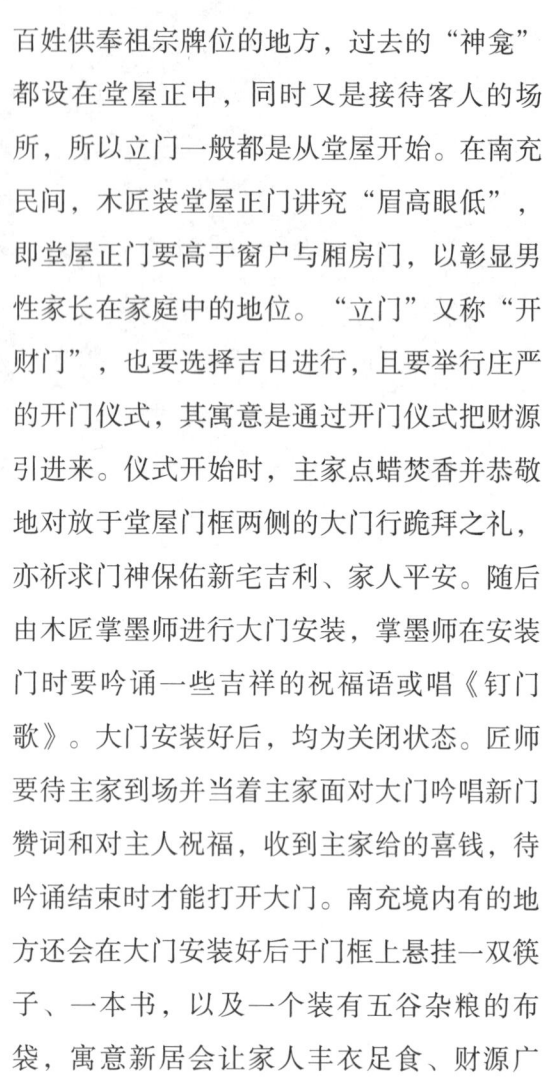

典型的川北民居布局

百姓供奉祖宗牌位的地方，过去的"神龛"都设在堂屋正中，同时又是接待客人的场所，所以立门一般都是从堂屋开始。在南充民间，木匠装堂屋正门讲究"眉高眼低"，即堂屋正门要高于窗户与厢房门，以彰显男性家长在家庭中的地位。"立门"又称"开财门"，也要选择吉日进行，且要举行庄严的开门仪式，其寓意是通过开门仪式把财源引进来。仪式开始时，主家点蜡焚香并恭敬地对放于堂屋门框两侧的大门行跪拜之礼，亦祈求门神保佑新宅吉利、家人平安。随后由木匠掌墨师进行大门安装，掌墨师在安装门时要吟诵一些吉祥的祝福语或唱《钉门歌》。大门安装好后，均为关闭状态。匠师要待主家到场并当着主家面对大门吟唱新门赞词和对主人祝福，收到主家给的喜钱，待吟诵结束时才能打开大门。南充境内有的地方还会在大门安装好后于门框上悬挂一双筷子、一本书，以及一个装有五谷杂粮的布袋，寓意新居会让家人丰衣足食、财源广进、文运兴旺。堂屋大门安装完后,再按先左后右的次序安装其他的房门。

古代南充农家多有院坝,铺设院坝一般要开所谓的"龙眼"。院坝里的积水通过低处边缘的"龙眼"流到院坝外。"龙眼"一般开在院坝的东边。在扫坝后,石匠师傅唱颂赞词,院坝修成,整个房屋也就算是正式建成了。

民间迁居新房是一大喜事,故而也有些讲究。一是"安家神",即将神主牌位搬进家中,安放于堂屋正中的神龛之内,并摆设香案,烧香化纸,求祖先神灵保佑。二是抱"柴"(同"财"音)进屋,再后搬油、盐、谷米与衣物,寓意衣食丰裕。三是"热灶",南充又称"生火"或"点火",即指迁入新居后升火煮第一顿饭。古人对此十分看重,有的还要专门请人择定"热灶"时辰。"点火"之前,主家还需在灶台摆上香蜡,以敬灶神菩萨,然后才生火烧水,以示日子红火、财源滚滚。煮第一顿饭时必备酒肉,一是敬奉灶神菩萨与祖宗,二是为招待帮忙搬家或前来祝贺的亲朋好友。此外,南充旧时在居住上也有一些禁忌。例如,忌大门正对别家的门、窗与山

用簸箕装红包

为上梁准备的红包

抢红包

墙；忌火门朝北，民间有"灶门朝北，烧到没得"一说；忌频繁搬迁，即所谓的"人搬三道空，火搬三道熄"；等等。其实，在这些禁忌中，有的也有其实际意义，如门窗不相对是为了保护各自的隐私，忌火门朝北是为了避风。过去一个院子里居住的就是一个大家庭，所以许多大院均以姓氏命名，如阆中古城中的胡家院子、杜家院子、秦家院子、李家大院，以及仪陇县的"丁氏庄园"等。

"有房才有家。"居有其所才有了基本的物质基础和出发前行的动力。有了住所也就有了家。有了家，也就有了根，行旅所至，再遥远，都有归途。因此，人们对住所的情结，早已超出了"睡不过三尺之地"的概念。无论古贤还是今人，无论达官显贵还是平凡百姓，有一个属于自己的家，有一个自己亲手建造起来的家，这意义和价值古今一致。"人宅相扶，感通天地，故不可独信命也。"《汉书·元帝纪》中说："安土重迁，黎民之性；骨肉相附，人情所愿也。"安居才能乐业，房子就是人的归宿、人的依靠、人的财富、人的保障。从这也就不难理解人们对修房造屋的重视和讲究。时代发展速度渐快，移风易俗的节奏也自然加快。当下，随着城市化进程的推进，很多房屋营造仪式也渐渐淡出了我们的视线，仅零星地留存于老一辈木匠、石匠的口中了。

三月三，游西山（凌云山）

撰文：聂建军
摄影：黄世辉　张景轩

日夜流淌的嘉陵江与南充顺庆的西山风景区，遥相呼应，相生相伴，千百年来自然造化，优雅安静地孕育着南充这一方水土。嘉陵江、西山是南充人最亲近的山水，也是百年南充的山河岁月与文化符号。近年，因网络媒体的推广，登西山看清晨第一缕阳光，成为一种南充人的"时髦"。许多南充人骑共享单车或徒步从市区出发，只

高举大旗游西山

影像南充：
渐渐远去的乡愁

三月三，游西山（一）　　　　　三月三，游西山（二）

为拍照打卡见证宛若仙境的太阳初升。为此，西山栖乐寺特意早开寺院山门，迎接八方游客。

古老的西山，因有纪念陈寿的万卷楼、纪念纪信的开汉楼、祭祀谯周（陈寿的老师）的纪念馆、顺泸起义的纪念碑、佛门静地栖乐寺、神秘的栖霞洞，成为当下许多年轻人的游览胜地，更因为能了解"并迁双固"的陈寿才学与品德、书写三国风云的《三国志》而被中外游人所喜爱。

"三月三，游西山"是南充居民的一种生活习惯，也是千百年来流传的南充本土风俗。农历三月初三这一天，西山四周的居民，会约上亲朋好友，三五成群，共同登西山，赏春花，品美食，话年成，商前程，好不热闹。也有一些老人，在这一天，爬西山，祭先祖，供菩萨，求平安。

旧时，有关西山的奇闻轶事很多。单单西山内的一条金泉沟（古时候进出南充城的重要通道），就有"一条金泉沟，半部南充史"之说。史料记载：自魏晋唐宋以来，西山为文人墨客饱览蜀中盛景之所，多为其称颂，亦为文史大家隐居著述及习道静修之圣地。相传唐朝时期，金泉沟内的金泉寺还为道姑谢自然的飞升之处。故民众对"三月三，游西山"情有独钟，且有佳句流传："年年岁岁三月三，八方来客游西山。"近代又有俗谚："三月三，男女老幼游西山。"过去，人们田野劳动，登高望远，都要爬坡上坎，故有"过了西桥河，背都要爬驼"之说，这里的把背"爬驼"便呈现了西山的高、西山的陡。

据传，还有"三月三，上西山"之说。这上西山，还跟南充人喜欢栽桑养蚕有关。南充又称丝绸之城，家家户户都栽桑养蚕，煮茧摇丝。按当时民俗，如果三月三这天天气晴，就是一年蚕茧丰收的先兆。当时流行的民谚有"三月三日晴，树上挂银瓶"，又有"蚕公公、蚕婆婆，上树去，勤做活，一夜做个铁茧壳，石滚粗，扁担长，华丝压断拜钩梁，你也忙，我也忙，三天做个遍山黄"。由此，许多养蚕的大户人家，在三月三这一天就会登上西山，祈盼天气晴朗、蚕茧丰收。

无论三月三这一天是"游西山"还是"上西山"，无论有什么故事或讲究，有一点是明确的：西山是南充人亲近自然、祈求丰收、祈盼平安的地方，更是孕育南充人才的地方。

南充有个网络红人"西山坡帅哥"。他的网名里有西山，他自己更是坚持爬西山、宣传西山，可谓非常热爱西山的南充人了。目前看来他累计徒步西山六万公里。

三月三，游西山（三）

年轻人也来一起游西山

登西山有活力

影像南充：
渐渐远去的乡愁

万人游西山

举旗亮牌游西山

签上大名游西山

公益活动也一起参与

游西山开展爱国卫生活动

这位"西山坡帅哥"是川北医学院的一名教师,从2007年5月至今,数年来每周都坚持身背一个挂满五颜六色彩灯的背包音响徒步西山,用手机记录南充西山上一年四季的秀美风景、植物、生物、人文景观。他徒步西山的那些短视频有数万粉丝关注并评论,也带动了很大一批户外爱好者徒步西山。可以说,他的足迹,是传统"三月三,上西山"民俗活动的当代化。

现今高空缆车、自行车赛道、人行步道为人们游西山提供了多样化的选择与基础保障。融自然景观与人文景观为一体的西山,也受到当代南充人的喜爱。晨间慢跑,傍晚休闲,看城区美景,拜栖乐佛寺,万卷楼访古……一年四季,年年岁岁,人们游西山的时间选择早已经超出了传统的限制,也赋予了"三月三,游西山"这一传统习俗更美更好更新的意义。

三月三,南充人也喜欢游凌云山,凌云山上也有祈求平安的活动。

三月三道场 　　　　　　　　　　　组织车队游西山

一大早就人车满道 　　　　　　　　爬到半山休息一会儿

影像南充：
渐渐远去的乡愁

游客和道士

三月三这天是做生意的好日子

大清早赶路的老姐妹到山上了才一起吃饼

苹果与平安

预测未来的"抓周"

撰文：聂建军
摄影：张娟婷

结婚生子，延续血脉，是人要经历的大事件。历朝历代对此都有不同的风俗和习惯。这些风俗和习惯，往往从母体孕育胎儿就开始了。据说，在南充金城山有一处打子洞，颇为神奇，女子若将石子投入其中，便能受孕怀胎。也有女子会去寺庙内烧香拜佛以求得子，如若生子，便再进寺庙布施摆供还愿，以谢神佛保佑。旧时南充民间，妇女怀孕生子还有许多禁忌。例如，不吃兔肉，怕孩子有三瓣嘴；不吃羊肉，怕孩子得羊癫疯；家族男丁忌进产妇房中，以免血气相冲；等等。但随着医学的发展，这些禁忌大多销声匿迹，不复存在。

小孩出生后，南充有许多讲究：要第一时间通知亲朋知晓，名曰"报喜"；小孩出生三天后，要用艾叶煮水给小孩洗澡，也叫"洗三"；娘家人要送糯米、鸡蛋、

吹蜡烛　　　　　　　　　　　　　戴皇冠

影像南充：
渐渐远去的乡愁

抓周礼

未来的大文豪

抓周全景图

衣物，名曰"打三朝"；主家要煮红鸡蛋招待送过礼物和探望过孕妇孩子的亲朋，称为"吃喜蛋"；满一个月要举办满月酒席；过百日亲朋邻里要庆贺聚餐，意为"吃百家饭，穿百家衣"；8个月左右还要"开荤"，即给孩童喂食荤腥食物，同时开荤人说吉祥如意的四言八句，如"吃了葱，聪明伶俐万事通；喝了酒，一生富贵长久久"……

孩子满一周岁就更讲究了。清代曹雪芹在《红楼梦》小说中，有描写贾宝玉的周岁生日抓周的情节："周岁时政老爷试他将来的志向，便将世上所有的东西，堆了无数叫他抓。谁知他一概不取，伸手只把些脂粉钗环抓来玩弄。那政老爷便不喜欢，说将来不过酒色之徒，因此不甚爱惜。"

在南充，抓周又叫作过周岁，有的地方叫作试儿。由于是人生中的第一个生日，所以，各地在小子满一岁的时候，均有做酒以示庆贺的习俗。在南充民间同样有此习俗流传。

《颜氏家训》中记有："江南生儿一岁，为制新衣、盥浴、装饰。男则用弓矢纸笔，女则用刀尺针缕，并加饮食之物及珍宝古玩，置之儿前，观其意所取，以验贪廉智愚。名为试儿。"可见，人们以抓周作为给孩子庆贺生日的重要活动，来预测自家孩子的志向、人生，也寄托着美好的希望。让小孩自己抓取东西来推测其命运，多少有点

敲启智锣

抓周摆放的物品

锦绣前程（食福）

影像南充：
渐渐远去的乡愁

冠衣梳头 　　　　　　　顶梁柱（过聪明门） 　　　　　　印脚痕

"命运掌握在自己手中"的意思。抓周的一般流程是，孩子的父母在孩子一周岁生日这天，先为孩子沐浴、穿上新衣，再把孩子放在竹筛或床上（称之为"碎盘"）；在孩子面前放上书、印、笔墨、算盘、钱币、鸡腿、猪肉、糖果、尺子、小木斧或钉锤、香葱、大蒜、芹菜、泥土十四种物品，任其挑选。所放物件均有不同的吉祥寓意：如果孩子取书，则认为这个孩子今后可能是读书人；如果孩子取印，则认为孩子今后可能当官；如果孩子取笔墨，则认为孩子今后善书画；取算盘者为商贾，取钱币者主富贵，取尺、斧者作工，取泥土者务农，取大蒜者会划算，取香葱者聪明，取芹菜者勤奋，取鸡腿、猪肉、糖果者有食福。抓周仪式后，主家会置办酒席，亲朋则送一些小孩的生活用品或红包，以示祝贺。虽然抓周时人们从小儿抓取的物品，预测其将来的志向和前途，基本毫无科学依据，不过这却是亲人对幼儿的美好期望。

20世纪90年代初，南充民间仍有抓周之说，但现在已经有所减少，偶有抓周之举，也为取乐而已。部分家庭为求小孩平安健康有拜干亲的习俗，以期望获取额外的福荫护佑。结干亲对象大多是家庭情况较好或有一定地位、威望的人。结干亲后，逢时令节日两家人即会相互往来。过去，医疗条件不发达，缺衣少食的年代，小孩要长大成人实属不易。认干亲，也是民间互相帮扶的习俗。目前，结干亲，拜保保，在生活中已不常见。抓周这一习俗也变成了周岁宴的一种娱乐，亲朋好友会记住小孩抓周的情景，成为日后亲友相聚的一个可堪做谈资的话题。

传统美食

南充米粉

撰文：张娟婷
摄影：张娟婷　黄世辉

南充人把吃米粉，叫"喝米粉"。民间有个说法，以前从外地回南充，走到西桥河，就能听见城里"喝米粉"的声音。这种说法虽然有些夸张，却反映出了南充人对米粉的热爱。

以前，米粉只是早上才有。白亮亮的粉丝，柔软细滑，在奶白的高汤里，静静

南充人早餐喜欢喝米粉

影像南充：
渐渐远去的乡愁

喝粉的人络绎不绝 　　　　　　　忙碌的米粉店

冒粉 　　　　　　炒臊子 　　　　　　炸油干

地平躺，曲线优美。汤碗里滴几滴清油，给一勺鲜亮的红油，撒上几颗翠绿葱花、小叶香菜，这一碗米粉就齐整了。碗侧再加一个黄灿灿的油干，便是南充人最心怡的早餐。如果店家再配上古香古色的土瓷碗，端到你面前时，这碗米粉色、香、味、形俱佳，瞬间便能吸引你的注意力，调动你的味蕾，激发你"喝"的欲望！

早年的米粉制作简单，也比较单一。一个"冒"字精准地描摹出米粉烫制的主要技术动作：用篾丝编就的"竹漏框"盛粉，放入热汤里，几个起落即可提起。米粉"冒"好后放在碗里。汤乳白而滚烫，米粉质细绵软，臊子鲜香无比。用筷子一挑米粉就断，只能和着鲜汤一起喝进嘴里，入口即化，抚慰肠胃。粉鲜、臊鲜、汤鲜，吃下一碗粉，一股热气从里到外、从下至上散发开来，大有驱寒祛湿之功，蛰伏一夜的精气神顿时就被激活。带着满满的正能量，南充人开始了一天的忙碌。

南充人喜爱吃米粉的历史久远到已无源可溯。经过岁月的演变和匠人们的刻苦钻研，南充米粉已成为南充人最爱吃的地方美食，不仅早上有，还有通宵营业的粉店。对于夜间出租车司机、货车驾驶员及工作到深夜的服务人员来说，通宵粉店是他们最好的选择。几元钱一碗的米粉，热气腾腾，爽口暖胃，好吃不贵，方便快捷，营养到位。

正是南充人对米粉的喜爱和对米粉味道的不断改良与创造，才让南充米粉经久不衰。如果你走在南充的大街上，你会发现一条不长的街道上至少有两三家米粉店，有的还专门开在一起，成了米粉一条街。假如你要吃通宵粉，只要一问出租车司机，就能马上知道哪个地方的米粉店多，选择空间大。

米粉店在南充这个城里起落兴衰，每家都有自己的独门绝技。我们想要寻找的是最质朴的、最迎合我们味蕾的味道。

年纪大一点的人们一般认为原来的顺庆羊肉粉、嘉陵牛肉粉、高坪鳝鱼粉是最难忘记的味道。至味存，众追随。年轻人是追着热闹吃，城里哪一家味道好，就到哪家吃；听说又开了一家新的，那是一定要赶紧去吃一回的。

好的南充米粉的做法一点也不含糊。每一道工序，每一份原料，都来不得半点的偏差。米粉要选用地道的精米制成的色泽明亮、洁白通透的干米粉；高汤要用细选的猪骨头加清水

左手米粉右手油干

喝粉三件套：米粉、油干、鸡蛋

米粉招牌

影像南充：
渐渐远去的乡愁

以慢火久熬，直到汤白味浓；各种臊子要提前准备，精心炒制。这一粉一汤一料都是南充米粉的灵魂。配方、火候却各家有各家的看家本领，秘不外传，当然也离不了店主们反复试验、不断创新。这也是南充米粉老店兴旺发达的关键。

一家小小的米粉店，开店的成本不高，用人不多，只要味道好，往往能养活一家人，一个早晨就可以卖出几百碗。味道自信，待客至诚，造就了"冒粉人家"腰包的鼓鼓囊囊和双手打拼幸福生活的不竭动力。

高坪区河东街原高坪一小旁的高坪米粉是一家南充老字号米粉馆，1982年开店。馆主是地地道道的南充人，经营米粉一辈子的三姊妹。最初，大姐刘玉凤响应公社号召加入公社米粉店，每天的劳动折成8工分。后来撤社建乡后粉店面临解体，大姐刘玉凤便带领弟弟妹妹承包了粉店，一个月向乡里上交160元。1987年，一家人用辛辛苦苦攒下的一笔不小的劳动所得盖起高大的楼房。乡里有人不服，闹着要承包粉店。

24小时营业的米粉店　　　　　　嘉陵区通宵粉馆

忙碌的店主　　　　　　忙而不乱的米粉店

在街边喝米粉　　　　　　　　　　　　特地到高坪来吃粉的人

排队等米粉　　　　　　　　　　　　一碗热腾腾的米粉温暖着每一位食客

几姊妹不得已退出粉店，在河东街另租门面开起了自己的粉店。如今经营了近四十年的粉店依然在河东街上红红火火，每天的食客络绎不绝。1999年在南充文化美食节上，高坪米粉成为唯一荣获铜奖的米粉类美食。

然而开了几十年的老店在偌大的南充也就独此一家。有位外地客人不仅自己去吃，还经常带着家人去吃，从到南充一直吃到现在，已吃了三十几年了。他的孩子也是从小吃这家的米粉，现在在外地学习，每次回家后和要外出前都会到这家粉馆吃一回。回南充就吃，是对米粉的渴望；离南充前吃，是对米粉的留恋。

问及成功的秘籍，唯有三点。一是三姊妹的团结一心。姊妹都性格豁达，分工合作，相互谦让。二是用心做好良心粉。粉是市面上最好的粉，肉是上好的牛、羊肉，油干都是精面精制，不含任何添加剂。三是乐善好施，遇到老弱顾客还时常暗暗帮

影像南充：
渐渐远去的乡愁

冒米粉要两人配合起来才快，一人冒一人配料才不耽误时间

冒米粉的女子美丽勤快

衬。无奈孩子们都不愿意继续将粉店做下去，当她们做不动了的时候，这家粉店也就消失了。随之消失的，还有老一代人对老味道米粉的渴望和留恋。

千丝多滋味，一碗盛春秋。一碗鲜香暖和的米粉，滋养一方人，牵绊游子魂，承载的是南充人的浓浓乡愁。

相如故里凉粉香——蓬州唐氏米凉粉

撰文：张娟婷
摄影：张娟婷

嘉陵江水逶迤，依水而生的相如故里蓬安城美景如画、人杰地灵。相如故里在历史风云变幻中渐渐隐没，又在新的时代重新被发掘打造，被赋予新的历史与生命。故城遗迹掩藏于青苔与灌木间默默不语，故城美食却在岁月更替中代代相传，在人们的味蕾中徘徊、流连，久久不散。

一方水土养一方人。嘉陵江的好水、好食材滋生了许多令人垂涎欲滴的美食，蓬州唐氏米凉粉就是一道让人久久不忘的美食。

"米凉粉"顾名思义，就是用大米加工制作而成。其他地方大米加工的食品也不少，都是米皮、凉皮、肠粉、螺蛳粉等，只有在蓬安，有这种米凉粉。米凉粉配上黄豆芽、大头菜、葱花，再淋上秘制的红油，那味道简直让人惊艳。

情不知所起，缘不知所往。每个手艺人做一件事都有自己坚持的理由。在蓬安专门卖米凉粉的店不多，真正有名的是堪称蓬安米凉粉开创者的唐氏米凉粉。店开在建设路上，靠近政府街。店面不大，约四十平方米。营业时间内，任凭你什么时

唐氏米凉粉

影像南充：
渐渐远去的乡愁

一碗米凉粉

调制米凉粉　　　　　　　　　　　　配料

候光顾，都食客爆满，门口随时都有两个店员专门负责外带的。听当地人介绍：每当春节旺季时，食客都要凭手中的号票取凉粉，队伍都排得老长老长……

　　唐氏米凉粉的创始人叫唐建军，生于1954年，已年过古稀，家中排行老大，早年家住下河街。蓬安下河街曾是有名的水码头，三河汇聚成江，码头相生相伴，下至重庆，上连广元。居民也大多靠水吃水，打渔跑船是他们主要营生。年轻的唐建军也不例外地从事水上职业，几年的船工生涯练就了他吃苦耐劳的个性。1975年，襄渝铁路通车，嘉陵江上游的渠县设立了火车站，交通就更加快捷便利了，货物吞吐量于船运而言大了许多。然而对于唐建军来说，随之而来的是船运需求逐渐减少，收入减少。

　　1986年，唐建军的小家庭又添丁——二女儿出生。一家老小的生活陷入困境。面对嗷嗷待哺的女儿，他辗转反侧，夜不能寐。生活的担子压不垮这个坚韧的汉子，他有着川人的聪慧、乐观。一天，偶然间脑海里闪过一个场景：小时候过节，母亲给自

就爱这一口 　　　　　　　　　　　　　吃客络绎不绝

离校返家第一件事就是尝米凉粉 　　　　小伙子特爱

准备调料 　　　　　　　　　　　　　　再来三份

己和弟弟妹妹制作美味——米凉粉！母亲做的米凉粉在他看来是童年最美味的。自己是不是也可以试试？于是说干就干。唐建军以船工的果敢、坚强、不服输的特性，认真向母亲学习，"拉下脸"来请周围邻居品尝，经过多次实践，通过不断的探索终于形成了唐氏米凉粉独有的口感：麻辣咸鲜、软糯带脆。

从肩担箩筐沿街叫卖的小摊，到租一个小小的门面，再到买一个铺子，从他布满

影像南充：
渐渐远去的乡愁

吃完还得"兜"着走

打包米凉粉

打包带走，同享共有

外卖小哥排队

老茸的手、沟壑纵横的面容不难看出他所经历的人生百味。小小的米凉粉支撑起了他的整个家庭，虽然他也遇到过事业上的坎坷，好在，他都挺过来了。如今他的年龄大了，儿女都有了自己的事业，也不愿接手米粉店，他便把手艺传给了自己的亲弟弟唐建国。这一美食又得以延续。

米凉粉传承人唐建军

时光荏苒，嘉陵江水滋养着这方土地上的众生。唐老板能把小吃做到这种程度，真的可以算是成功人生了，不免令人艳羡。

美食，是美好人生的最好注脚。唐建军靠劳动创造了自己的别样人生，更为蓬安人留下一道难能可贵的特色美食。

舌尖上的乡愁——李家锅盔

撰文：张娟婷

摄影：张娟婷　黄世辉

锅盔在川内历史悠久。相传武周（唐武则天）时期，官兵为武则天修建乾陵时，因工程巨大，大量民工忙碌工作，工地无烹调用具，官兵以头盔为炊具来烙制面饼，取名"锅盔"。

锅盔对于南充人的生活来说简直是个万能的存在，无论在什么时候吃都合适。早餐一个锅盔配上稀饭加咸菜，美味又饱腹。下午肚子饿了但又没到正餐时间，来一套锅盔夹凉粉，酸辣爽口，解馋，是"打腰台"的绝佳选择！

南充老话夸人，会做事会说话，常常拿锅盔来作比：这个人像锅盔夹凉粉一样，（做事、说话）一套是一套的。

南充锅盔里面的馅料有很多种。常见的有凉粉、凉面、凉拌三丝、凉拌猪头肉、牛肉、鸡丝等。不同的馅料，入口是完全不同的风味，各有特色。但是口感最绝的搭配当然还得是最经典的锅盔夹凉粉。锅盔的外皮酥脆，一口咬下去似千层酥一样暖暖

打锅盔就是要打　　　　　　　　　　　打起来得用力

影像南充：
渐渐远去的乡愁

揉面

关键是用酥

还可以做糖锅盔

给李家锅盔拍张照片

酥酥的，内里是现场调制好的凉粉，晶莹剔透、麻辣鲜香，单吃凉粉细腻爽滑，夹在锅盔里，则外酥里嫩，这口感更加让人欲罢不能。

南充锅盔经纯手工揉、捏、擀、打，火红的炭火烤制，趁热品尝，香酥可口，绵软入味。油酥揉搓均匀，蘸上适量的白芝麻增香，用擀面杖擀成合适的大小在烤炉上进行煎制，待烤到面饼快有气泡，再放入炭火炉内烘烤，直至表面焦黄且面饼鼓起泡。这样一个焦香四溢、酥脆爽口的正宗锅盔就新鲜出炉了。再将喜欢的菜用秘制的辣椒油拌好，用刀或筷子在锅盔上划大小合适的口子，倒入准备好的凉拌菜。趁着热和、新鲜咬上一口，满口鲜香，怎一个"香"字了得！

我是南充人，生于斯，长于斯，从小到大吃过无数的南充锅盔，最好吃的还数顺庆区的李家锅盔。走进李家镇，提及李家锅盔，场头场尾的老老少少谁都能聊上四言八句。有顺口溜这样说："走进李家场，闻到锅盔香，若不买几个，枉自白赶场。"

李家锅盔，系饶建春师傅家传手艺，已有一百多年历史。代代言传身教间，其传承脉络清晰明了：李家锅盔第一代传人张小林；第二代传人张明利；第三代传人张县。几代传承人坚守：手艺传内不传外。在和面、发面、加碱、擀面、抹油酥、做型、煎烤等一系列工序中，李家锅盔均有绝活。

饶建春于1972年出生，1989年满17岁跟姨父——第三代传人张县学艺。由于他小时候生病，腿脚残疾，左脚基本上不吃力，行走主要靠右脚，极为不便，所以他注册商标为"瘸锅盔"。

每天早上五点，饶建春开始生火起炉子，六点售卖。有时客人一买就是几十个，得两个炉子同时工作，一个炭炉煎饼，一个电炉子烘烤。他一天站立九到十个小时，中途没多少休息时间。平均每小时打30个，一天300来个就是最大产量了。制作锅盔，是技术活，更是体力活儿。下午两点多，他就收摊了，不然身体吃不消。

李家锅盔还有一大特点：表皮硬，内心软。最绝的一点是"敲打有声"。这一

先放在火上烤一会儿

再放在炉子里烤一会儿

又一锅即将出炉

快出炉了，香气四溢

影像南充：
渐渐远去的乡愁

打，让锅盔有了灵魂，入口酥如饼干，层次丰富，脆香可口。携之远行，三五天后依然酥脆；半月内，仍可保持其酥香特色。无论是夹着蒜苗炒腊肉吃、切成块状炒回锅肉吃，还是放进羊肉汤泡酱吃，随君选择。各种吃法，在食客家里与餐馆里早已见怪不怪，美味度也只增不减。因此，"李家锅盔"的牌子硬，口碑好，分量足，味道正宗，回头客多，备受食客们青睐，常年生意兴隆！

外地食客也对此锅盔赞不绝口。可以说，巴蜀大地上，单挑锅盔的打、揉、煎、烤手艺，李家锅盔堪称一绝。

在李家买锅盔，排队是常态，有时一等没准就个把钟头。据说，如今这位李家饶师傅每日只打上午，而且揉打多少斤面粉都有定数。毕竟人老了，精气神有点跟不上了。

等锅盔 　　　　　　　　　　　　　等候的顾客

排起队的顾客 　　　　　　　　　　带两个回家

终于等到你　　　　　　　　　　　　　　　　　　　　这一箱还不够

喜欢这地道的香味　　　　　　　　　　　　　　　　扫码付款

  据说，1994年隆冬，时逢"农村文化工作会议"在李家镇召开，在老乡们的提议下，"李家锅盔"的年轻传承人饶建春，应邀为会议一展身手。整个上午，饶建春不离火炉，锅盔"打"得"噼里啪啦"，节奏响亮悦耳，手法驾轻就熟，活生生把一门美食制作手艺演绎成动听的音乐、目不暇接的"舞蹈"！人们围在通红的火炉旁，手嘴都不闲，乐滋滋地品尝着这名不虚传的家乡小吃，享受视觉、听觉、味觉三位一体的感官盛宴。

  饶建春有三个孩子，都是大学生。一家人的生活全靠打锅盔，他家摊子开了三十多年，一直手工制作锅盔，现烤现卖。来买锅盔的除了慕名而来的食客，都是街坊

影像南充：
渐渐远去的乡愁

李家锅盔的特点

先尝一口

专门赶过来买锅盔的老汉夫妻

亲朋。可以说，李家锅盔几乎是伴着那群"90后"长大，是他们一直吃不腻的老口味。

岁月更替，李家镇日新月异。李家锅盔的小火炉、小案板、小小擀面杖，如今带着浓浓的乡村气息走出李家场……在饶姓锅盔师傅的带动下，李家锅盔在南充甚至整个四川的大街小巷如雨后春笋般生根发芽。小小面团团揉出新花样，二面黄酥饼烤成新产业。

饶建春说："我不拍抖音、不搞直播。一是没精力，二是我们纯手艺人讲的就是踏踏实实干活，不挣取巧钱，挣取巧钱不踏实。"这就是手艺人和生意人的本质区别。

生活虐我千百遍，我待锅盔如初恋。每个离开南充的南充人，心心念念的就是这一口酥脆喷香的锅盔，就是我们留恋的，尘烟凡世中乡愁的味道！

春之味——冲菜

撰文：张娟婷
摄影：张娟婷

南充有一种菜，因为只能在春天吃得到，所以叫"春菜"，每到春节，家家户户都会做上一盘，滋味浓烈，味道很"冲"（四川话读chòng），故又得"冲菜"之名。

记得小时候，每次春节果山公园外都有不少小摊售卖冲菜。小小的一卷，威力却无比！它仿佛积蓄了超能量，一到口中，便带给口腔强烈的冲击。死死地憋足气，捏住鼻子，快速搅动舌头，味觉被刺激得无力招架，最后甘拜下风。吞下它后，眼泪即刻飙出，鼻窍通畅，头脑清醒。一场"味道大战"最终以身体的通泰告终，冲菜完胜！人们被冲菜刺激，却乐此不疲。

南充的冲菜有两种制作方式：一种是在凉拌粉条里面加上芥末油或以芥末粉兑的芥末酱；一种是芥菜菜薹不加油在铁锅里稍微翻炒下，铲起放入碗中，盖上盖子，闷一会儿，吃的时候拌上红油等佐料。这两种方法制作出的"冲菜"，很多人见过却没吃过。

先品尝一下　　　　　　　　　　　　再来一份

经历寒冬的萧瑟，春天就到了，天气暖和起来，万物复苏，菜园子里的芥菜也开花了。这些带花芯的芥菜菜薹是做冲菜上好的食材，味道似芥末，又辣又冲，不少人常会被它辣得掉眼泪，但它非常下饭。

采摘一把芥菜的菜薹回家，仿佛把春天也摘回了家。去掉老的部分，以能用指甲轻轻掐断的为最好。清水浸泡一会儿，然后清洗干净，捞出来放在盆里摊平了，拿到太阳下晒一晒，或放在室内通风的地方。待脱水后，切成小丁，尽量碎一点。然后起锅开火，不放油，热锅后把切碎的芥菜菜薹倒进去，快速翻炒。时间不要太长，大约30秒便可起锅。将其倒在一个能保温的盆子里，然后加上盖子，再用毛巾把边沿围一圈，放置一晚上，第二天就可以拿出来凉拌或清炒。经过时间的考验，冲味恰到好处。在制作冲菜时，千万不能过火，半熟半生的状态极佳。刚刚做好的冲菜，不少人闻一下就会忍不住掉眼泪，吃起来很"冲"，还有辛辣味，因此它还被叫作"冲辣菜"。

目前冲菜在市面几乎消失，但在西充县有家冲菜摊子，传闻每天下午五点就收摊，生意火得不行。网友发视频调侃：一个冲菜准点上下班，过了五点就不卖，洋盘得很！

在西充县东门桥步行街外面，很多人围着一位大姐的小摊。只见大姐摊开薄面皮，舀上一点芥末酱，快速地将拌好的粉条、豆芽、红萝卜丝包在面皮里，淋一小勺

"冲鼻儿"小摊 　　　　　　味道太香 　　　　　　特制的红油

传统美食 ◆

"冲鼻儿"再冲一下 　　　　　　　　　"冲鼻儿"原料

"加冲" 　　　　　　　　　　　　　包料

调料，递到食客手中。如此循环往复，忙碌不停。旁边不时传来"给我来一个"的声音，生意挺不错，好多人还打包回去吃。从这倒是看得出人们对这个独特味道的喜爱。

最初以为是冲饼儿，也有单独称之为"冲"。用大家常说的一句话形象地表达就是，来一"冲"，有直冲云霄的意思。

西充冲菜的起源已无从考证，如今经营最久、最火的却要数东门桥李天勇老人的摊子。

走到东门桥，不用你多费口舌打听，便能寻到他的摊子。推车上醒目的招牌"冲鼻儿"，老板戴博士帽、着碎花衬衣，标识明显。

李天勇已经60多岁了，做冲菜已30多年，一生没有别的手艺，就只会做冲菜。当冲菜2分钱一个的时候，他开始跟熟悉的老人学艺，自己独立经营时冲菜已经5分钱一个。如今，冲菜1块钱一个，平日一天他能卖80到100个，国庆、五一等长假每天

227

影像南充：
渐渐远去的乡愁

准备食材 　　　　　　　　　　　　还要再冲一下

调制味道 　　　　　　　　　　　　根据食客口味加冲加料

薄饼 　　　　　　　　　　　　　　感觉不一样

可卖四五百个，生意最好的时候是春节，一天要卖八九百甚至上千个。每年从腊月二十七八开始他的生意就很红火，一直火到正月十五后才回归正常。

在拍摄冲菜时，我看到他的客人有天天来尝一口冲菜的大爷，有读书的学生，也有慕名而来的外地游客，可见李天勇的冲菜已经深入人心。他生意好的秘籍是不使用添加剂、防腐剂。在多年的经营中，他执着于"慢工出细活"，皮子要自己手工制作，慢火捻久点，包冲菜才不会渗漏、散架，芥末要自己磨制，不用成品。老味道也因此在老手艺人的坚持下得以保全。

老人教了很多徒弟，有不惧路遥从重庆、成都来的，也有附近阆中、南部的，最近的要数自己的小姨子，也就是开篇中的大姐。

老人说，现在年龄大了，腿脚不行了，一天只能做五百多个，否则人疲得很，自己的儿女没人愿意做这个。

冲菜是用芥菜做的，如果用平时的做法芥菜吃起来便是清淡爽口的，并且还有点甜味。冲菜因为做法特殊，吃起来有辛辣味，并且还很"冲鼻子"，这也是它得名的原因。冲菜是无数人难忘的童年回忆，也满是家乡的味道，让人回味无穷。冲鼻儿，特别有味蕾刺激感，同时"冲"也是春寒来临时人们治疗感冒、鼻塞的良药，一口冲菜下去眼泪瞬间飙出，鼻窍立通，感冒似乎也能立马好。

常言道：食得苦中苦，方为人上人。食得冲菜的异味，人生还有什么味道不能品尝呢？！

寻味红（白）灯笼

撰文：张娟婷
摄影：张娟婷　黄世辉

餐桌上的一盘卤味，透着市井生活浓浓的烟火气，会出现在隆重的宴席上，也会出现在家常的餐桌上，成为不少人的味道记忆。

在南充，在药店抓一副卤药，用老汤一卤，上不得台面的猪头、鸭脚、鸭肠、兔头、鸡脚就能变成无比美味的下酒菜。肉质香糯，嚼劲十足，一口咬下，卤汁和着滋滋的油香在口中绽放，再配上略带辛辣的老酒，就成为南充人极为钟爱的味道。用四川话说便是：油憨憨的，巴适得板！

旧时，南充人会在夕阳西下的傍晚，寻一个熟悉的卤摊，买一包卤味回家，抬出小餐桌，坐在院坝的树下，就着习习凉风吃卤味，男人们再喝上一口小酒，细嚼慢咽、口舌品味之际，一天的疲乏随之消散。

如今餐饮种类日益丰富，而怀旧的人们却越来越喜欢寻找那些藏在犄角旮旯的老

大南街的老卤

百年老卤

买这家的老卤要赶早

老卤师傅 　　　　　老卤也讲究刀工 　　老卤的品种很多

字号，品味不变的老味道。

　　南充的本土卤味有很多，有远近闻名的杨鸭子、张飞牛肉，还有曾风靡一时的刘肥肠、赵猪脚等，如今又新添了不少外来的品牌：不老神鸡、天府卤味、天天捞卤味……

　　然而老南充人每每提及香喷喷的"红（白）灯笼"卤味，依旧唇齿生津，味觉记忆瞬间复活。20世纪七八十年代，南充五星花园每天人流量都很大。位于五星花园的人民电影院（现大都会）则是南充人晚上最喜欢聚集的地方。而人民电影院门口一左一右摆放着的红、白灯笼两个卤味摊是最具标志性的。

　　从小处着手，做至佳味道，好的卤味其实一般是由不起眼的小商小贩在经营。

231

影像南充：
渐渐远去的乡愁

在我的记忆中，最好吃的卤味是红（白）灯笼的卤味。它深藏在我儿时的记忆中。那时，每到周末，父母便会带着我们姊妹三人去看电影。路过影院门口的卤味摊子时，昏黄的油灯下，一溜儿的卤品呈现于眼前，油光水滑，分外诱人！

隔着食柜玻璃，那些鸭脚、鸡爪仿佛在案板上向我招手，引得我垂涎欲滴！最贵的卤牛肉自然买不起，我最爱卤兔头、鸭脚板、鹅翅膀，用土纸包着，边走边啃，唇齿留香。如今物是人非，时过境迁，父母不在了，姊妹们也不常聚，但"红（白）灯笼"带来的那分滋味至今余味悠长。

红灯笼、白灯笼卤味起源于1941年。他们大都在下午四点多开始营业，以烧腊、卤牛肉为主。摊点上挂一盏煤油灯，为防风煤油灯上罩一个纸灯笼，灯笼上画一个牛的图案表示卖牛肉。商户用红白两色灯笼以示区别。他们的牛肉色泽棕黑，香软回甜，放置半月不会变质，是佐酒佳品。当年的红灯笼卤味的代表人物杨六园是回族

喜欢老卤的小朋友　　　　　　　　　早已按捺不住口水了

喜欢这地道的老味道　　　　　　　　先尝尝这味道

人，在鸡市口摆摊，于1947年辞世；白灯笼卤味的代表人物李文海，在果山街摆摊。红（白）灯笼的牛肉从宰房进货，生意红火的时候，一天要进两三百斤。

1958年公私合营后，红（白）灯笼并入南充市地方国营肉食品加工厂，沿用红（白）灯笼的招牌和经营方式，继续在南充的大街小巷摆摊设点。"文化大革命"期间，它险些绝迹。1976年南充市（现顺庆区）禽蛋加工厂重新恢复了这一传统名小吃。白灯笼卤味创始人李文海的儿子传承了制作工艺。1985年禽蛋加工厂正式申请注册商标。后来体制改革，禽蛋加工厂消失，下岗的职工有一部分再创业，用自己的手艺创造了自己的品牌，市面上多了杨鸭子、陈眼镜卤菜……

我们渐渐长大，一个个离开父母，独立成家，父母也渐渐老去，"红（白）灯笼"随之逐渐淡出我们的生活。蓦然回首，再也寻觅不见。心中一直念叨：什么时候再尝尝红（白）灯笼？！

一个华灯初上的傍晚，偶然地，我走进驻春巷。小巷深处一盏温暖的红灯点亮了街面，招牌上醒目的红灯笼、白灯笼吸引了我的注意。仿佛搭上时间机器，重回旧时，卤味还是那些品种，买一点尝尝，还是记忆中的味道！一时间有些感触：味道也是可以长久地存储的。它带来的情感寄托，让味蕾记忆逐渐苏醒，人们吃的不仅仅是美食更是回忆。

老板叫蒲万强，华凤人，夫妻二人经营着卤摊。他告诉我，他原来是酒店厨师，

卤鸭子

现卤现捞

卖到深夜的老卤

影像南充：
渐渐远去的乡愁

食客不断

　　二哥蒲万贵是禽蛋加工厂红（白）灯笼的传承人。做卤菜是二哥一手传授的，如今他们开始自主创业。开业以来，他们坚守传统技法，不用添加剂、色素，最大限度地保留食材本味。每天早上进最新鲜的菜，制作卤味，下午四点半后两人推出摊车售卖，一般晚上七八点卖完。没有陈菜，做的都是良心菜，口碑好，销路也好，常常有人快递他们的卤菜到市外、省外。

　　夫妻同心，其利断金。简简单单的"红（白）灯笼"复原了南充几代人内心深处的生活印记，也成了这个城市烟火气里独特的存在。

　　传统手艺传承，最可贵的是形神兼具的坚守。蒲万强夫妇坚守的是生活，是手艺，是传统，是乡愁，是抚慰我们五脏六腑的温暖，也是一丝我们记忆长巷里的老味道！

迁徙中不变的味道——客家水席

撰文：张娟婷

摄影：张娟婷　黄世辉　张景轩

　　浩瀚宇宙，人类历史只是短暂一瞬。为了生存与繁衍，人类从未停止过迁徙的脚步。从秦到清，中原地区的人们不断经历迁徙。迁徙的路上中原文化与当地文化也在不断碰撞融合，孕育出了独特的汉族民系——客家人。

打掌盘

影像南充：
渐渐远去的乡愁

中原汉民族在迁徙的过程中大多以家族为单位，为逃避战乱，选择受外界干扰较小的山区居住，以"客籍"转入当地，所以被称为客家人。他们虽然经历了无数次迁徙，但依然保留中原的语言特征、生活习惯，是一部移动的古汉语"活化石"。

从魏晋时期曹植的"门有万里客，问君何乡人……本是朔方士，今为吴越民。行行将复行，去去适西秦"，到现代诗人余光中的《乡愁》，无一不是描写迁徙的情思。

仪陇县马鞍镇，也有一支客家人迁徙队伍。在马鞍，遇上哪家有红白喜事，那一定是一件大事儿。主人家都会大张旗鼓，备上好酒好菜，请亲朋好友齐聚一堂。这一桌桌酒席就是我们常说的客家水席，又名"田席""三蒸九扣席"。

客家人在垦荒、开渠、平田、挖井、建房、插秧、抢种、收割、打谷等劳动中，同村、同宗、同籍的人常常相互协作，相互帮忙。这样就产生了一种约定俗成的规

吃水席

谢嫁感恩

客家水席传承人

客家水席壁画

传统美食 ◆

撒点葱花 　　　　　　　　　　　　　　　　　　上菜

上品碗 　　　　　　　　　　　　　　　　　　上菜品

上肘子 　　　　　　　　　　　　　　　　　　水席品碗

则——某日大家替谁家帮忙，就由谁家提供饭菜。主家在田边地头挖坑埋锅，做出美味佳肴，客人围坐聚餐，这便是田席，是水席的雏形，也被称作"坝坝宴""九大碗""九个碗"等。民间视"九"为吉数，有"九九长寿""九子登科"等说法。

237

谈及"水席"的来历，一说是因上菜时一道接着一道像流水一样，且菜肴多为汤水，故得名"水席"；二说是由于桌子不够，来吃饭的人多，人们一轮一轮像流水一样坐席。

每到办水席的时候，自家的厨房显然太小太小，主家必须搭建一个"露天厨房"，大厨才能施展手脚。用竹竿搭棚子，用砖头砌炉灶，支起超级大锅，点燃木柴，烧起旺旺的炉火，由于酒席菜品太多，通常还会架一个大大的案板充当厨房操作台……"露天厨房"搭好，就单单等大厨上场。

水席离不了"三蒸九扣"十二道菜。每一道菜，都有其讲究与说法。

品碗：客家水席的盖面菜，即主菜，处于席中，位置固定，不宜移动。通常由九层菜品组成，因九在自然数中最大，客家人以热情好客传家，用"九"表示以最大热情和最高等级招待客人，并寄寓对客人"九九归一、九九长寿"的祝福。垫在碗底的是自家晒的豇豆干、黄花和豆芽，然后铺上油酥过的豆腐（豆腐也是用自家的黄豆研磨而成），再铺上蛋卷、鸡蛋、肉丸等，放入蒸笼中蒸熟。最后上桌时淋上汤汁，一道美味的品碗才算做好。在当时，这道菜只有农村的老"官笼师"会做，一般都是世代相传。

龙眼肉：客家人以身为龙的传人为荣。制作此菜时将猪肉卷曲成圈，中间填入花生、芝麻、橘饼、冰糖等捣合拌料，嵌入一颗大枣，再放进糯米中，上笼蒸制。出笼之时，肉卷色泽鲜明，宛如一颗颗晶莹的龙眼，取意团团圆圆、幸福甜蜜，用"枣子"寓意早生贵子、人丁兴旺。

夹沙肉：此菜将猪肉切成薄片，填入豆沙馅，配以糯米，上笼蒸制而成，形如小舟。取意客家人虽受迁徙之苦，但经拓荒立业，终于苦尽甘来。

水滑肉：此菜用猪瘦肉，加红薯淀粉、鸡蛋等拌匀，入汤水煮制，色泽亮丽，味咸，嫩滑爽口。取意客家人追求顺风顺水，平安发达。

焖蛋：旧时，客家人由于长期迁徙，生活贫困，很多时间都是将剩饭加盐、开水搅和食用。如今生活改善，客家人将此演变成一道独特的菜品，制作时，在刚出笼的米饭里加新鲜土鸡蛋蛋清，搅拌均匀，倒入平底锅煎成厚饼，出锅切成块状，加汤烧制。

膀（四川话读pàng，又名肘子）：用猪大腿肉，拌以祖传秘制调料腌制入味，上

用餐车上菜（一）  用餐车上菜（二）

水席蒸菜（一）  水席蒸菜（二）

水席滑肉  水席烧白  水席砣砣肉

水席红烧肘子  甜烧白  水席元子汤

影像南充：
渐渐远去的乡愁

一顿水席要提前几天准备

准备汤菜

笼用大火蒸熟。此菜略带酸辣，皮软肉滑，肥而不腻，入口即化，令人回味无穷。取意客家人曾历经艰辛万苦，吃尽人间酸甜苦辣。

砣子肉（又名墩子肉）：此菜皮皱色黄，肥而不腻，体现客家人待客热情，大块吃肉、大碗喝酒的豪爽之气。

鲫鱼豆腐汤：此菜取用清香豆腐，配以豌豆尖加鲫鱼汤烧制而成，青白相间，色泽淡雅。寓意客家人清白做人的品格。

烧白：将上等五花肉切成薄片，抹上酱料腌制入味，下面垫以冬菜，上笼蒸制而成。

糯米南瓜：在糯米下面垫上南瓜上笼蒸制，出笼之时，再撒上些许白糖。糯米松软，南瓜清甜，让人齿颊留香，回味无穷。

青笋炖土鸡：先将鸡块用大火焯热，再放入新鲜青笋和调料，用小火煨炖，清香浓郁，让人不能自已。

腊排骨炖干萝卜夹：用熏制的上好猪排，与干萝卜夹合炖。

主菜上完后，即上咸菜以调口味，并配有3至5种素菜作为添菜。

客家水席讲究颇多。摆台，四方桌上居中放品碗，周边放八水碗，摆成梅花形；撤台撤边不撤中；走菜，走左不走右；开席，吃菜先喝汤；敬酒，敬老不敬幼。水席没有豪华的摆设，也没有高雅的包间，更没有漂亮的服务员，木制四方桌，一桌八个人，吃的就是那份热闹欢喜。

掌勺大厨又叫"官笼师"，虽说这大厨没"厨师证"之类正式的从业资格证，但被主家请来掌勺的肯定也有两手绝活。如今，这种乡村土厨已经渐渐消失。

帮忙的人，他们也早已习惯于这种排场，驾轻就熟，按部就班，分工明确。择菜、切菜、配菜、洗碗盘、烧火、盛菜、装盘、端菜，帮忙的人各司其职，流程了然于胸，把事情办得妥妥帖帖。主家只等亲友到时开宴。小孩们会帮厨房添柴火，顺便烤一些红薯，拿两块刚炸好的酥肉吃。

开席先上干果，乡亲们围在一起，嗑瓜子，喝茶，话也比平常多了不少。闲聊间，凉菜上桌，酒也温好，一桌一个小酒壶，一只白瓷小酒盘。本桌年长的先喝酒，"吱"一口喝干，咂咂嘴，夹一口菜，再把酒盘递给下一个人。就这样，大家轮流着喝。有人耍怪，也哄小孩儿尝一点儿，辣得小孩儿直咧嘴，家长也不责怨那人，反倒鼓励孩子："酒壮英雄胆，长大也能当个打虎的武松哩！"年轻人聚在一起就行令划拳，嗓门高得冲破天，白酒、啤酒一齐上，个个喝得脸红脖子粗，平日积压的怨啊愁的一股脑被抛到九霄云外。酒足饭饱，人们会不约而同地从衣袋里摸出几只干净的塑料袋，把吃剩下的菜肴分类打包，以便下顿热了再吃，或者让家禽也一饱口福。

红红的炉火、氤氲的蒸汽是客家人热情、淳朴、好客的体现，那盘、碗、壶、杯盛的都是浓浓的乡情和难以割舍的乡恋，享受的也不仅是酒席，还有那乡里乡亲和睦的氛围和热闹劲儿！

如今，时代变迁，专门的"官笼师"难找了，"一条龙"这种新的形式渐渐取代了"水席"。拨开岁月沉淀，我们仅仅在仪陇的丁氏庄园、老支书家、客飨轩还可见其踪影。

水席主打菜品

古城本味儿——蒲氏羊杂汤面

撰文：张娟婷
摄影：张娟婷　黄世辉

一城一味，百城百味。每一座城都有自己独特的味道。

阆中，古称保宁，位于嘉陵江中上游，秦巴山南麓，山围四面，水绕三方，东靠巴中市、仪陇县，南连南部县，西邻剑阁县，北接苍溪县。两千多年来，阆中为巴蜀要冲、军事重镇，在元朝升格为保宁府。阆中又素有"阆苑仙境""巴蜀要冲"之美

汤要提前熬制好

誉，历代文人墨客留下无数佳句。它也是国内目前保存较为完整的古城，被誉为"风水之城"。

悠久的历史，孕育了古城阆中丰富的人文内涵和众多的风味小吃。从汉唐到明清，有阆中人到京城做官，有皇室成员封藩阆中，这些交叉往来便将京城和宫廷饮食文化传到阆中。阆中境内居住着汉族、回族、蒙古族、满族等各民族。在千年的共存共生中，饮食习惯相互影响、融合，形成阆中人独有的美食。其中，回族美食非常出名。

历史上回族也是一个迁徙的民族。他们从丝绸之路古道而来，沿河西走廊一路向东，骑骆驼，迎尘风，历尽千难万难，带来异域珍宝，同时也带来了特有的美食。他们特别爱吃牛羊肉，对于他们而言，"佳美的食物"就是纯洁的、可口的、富于营养

一把一碗，非常准确 　　　　　　　　　　　　准备调料

老人也来帮忙 　　　　　　　　　　　　老少皆宜

影像南充：
渐渐远去的乡愁

汤佳面好

的食物，更具体地说就是既有良好的外观形象又有鲜香的口感和丰富的营养价值的食物。譬如羊，性情温顺，其肉美味可口，同时还滋补身体。

有一间小店，立味在街市，久酿声与名，不显眼，不张扬。深秋时节，漫步古城街头，走到校场路西段可见蒲氏羊杂，它不起眼，静静地，很朴实。如果不是好友的推荐，你压根儿就不知他的来历和名号。

老板叫蒲恒，回族，不到50岁，戴一副眼镜，圆圆的脸庞，面相和善，一说话就笑眯眯的。他经营羊杂汤面铺子已有十几年了。蒲恒是独子，蒲氏羊杂汤面从他爷爷辈就开始经营。蒲恒已经是第三代了。爷爷名叫蒲敏德，是巴巴寺守卫者——王爷（王爷本姓王，年龄大了，人称王爷）的徒弟。后来，爷爷将手艺传给其父亲蒲炳玉。蒲炳玉如今年过古稀，曾是原阆中五金厂职工，退休后开了这家羊杂汤面馆。门面是蒲炳玉花了16.5万购买的，后传给蒲恒。

蒲恒告诉我们，将新鲜的羊骨、羊头、羊杂用清水冲洗干净，然后放置在一个大的容器里浸泡，待到血水、腥味及膻味被彻底漂去，再放在一口大锅里加老姜慢慢炖煮。炖煮一晚上，基本上也就是十几个小时。这样熬制出来的汤底鲜香浓郁。不加葱、芫荽的原汤，就着热乎劲儿喝上一口，便尝到了我从来都没有体验过的鲜，还有一点细细的甘甜。加上葱、芫荽末，则多了一些清香。羊头肉嫩，羊百叶脆，羊肚丝外脆里嫩……这道美食看似粗糙，味道却很细腻，品味也需要认真、仔细。羊杂面一定要用当天的活面，而且吃之前一定要记得加酸菜，会好吃很多。一般羊杂汤面馆的桌子上会放一碗小头紫蒜，等面的时候剥几颗，面上来一口生蒜一口面，活面软和，小蒜脆辣，特别带劲。如果喜欢吃羊肉，可以再要碗净杂，就是一碗微型羊肉汤。一碗面，一碗汤，这是阆中人口中的一套羊杂面。当然，你也可以单独要一碗汤加到面里，那就是一大碗。加不加盐和油辣子，全凭自己喜好，加上后那又是另一款口味。我自认为还是什么都不放的本味儿最好。冬日里一碗热气腾腾的羊杂汤面足以抵御寒邪入侵，关键是好吃不贵。小店生意好的时候一天可以卖500多碗，哪怕在古城游客少的淡季，一天也能卖300碗左右。

吃完了还打包带走

羊杂面及其调料

羊肉汤面

一招鲜，吃遍天！古城本味儿在于食材的新鲜。羊肉得是当天宰杀的羊，传承最

245

正宗的回族手艺，保留住羊杂汤的原汁原味，坚守的是回族的烹调传统。目前，蒲恒已经收了十几个徒弟，可是遗憾的是其儿子并不喜欢这门手艺。

也许，家族式的传承在未来会成为历史。也许，人们会随着时间的流逝和社会的进步，放弃传统的做法和吃法而找到新的更适合时代的口味。但是，食物本味儿的传承是根本，真希望这种本味儿的传承能一直持续下去，留住这一抹散发着历史芬芳的老味道……

源味卧龙鲊

撰文：张娟婷
摄影：张娟婷　黄世辉

一直很好奇人们口中常用的"鲊"是什么意思。翻开字典，查找"鲊"字。正解：鲊，一种用盐和红曲（调制食品的材料）腌的鱼。

"鲊"在川东北一带其实是一种制作腌菜的方式，里面少不了炒制过的大米粉、做酒的曲子、盐，也少不了一口黄泥烧制的土坛。在秋天收获的季节里，人们会晾晒

卧龙鲊传承人

影像南充：
渐渐远去的乡愁

卧龙鲊的食材和调料

选材

一斤一块的卧龙鲊

精选肉材

上席

摆笼　　　　　　　　　　　拌料

拌酢　　　　　　　　　　　蒸

249

影像南充：
渐渐远去的乡愁

新鲜的蔬菜，再将它们用"鲊"的方式储存起来，到了冬春交替、青黄不接的时候拿出来食用，解决过季带来的食材匮乏问题。他们不仅仅"鲊"盐菜，也"鲊"鱼、"鲊"肉、"鲊"萝卜等。一"鲊"，时间便仿佛静止了，但味道却在不停地酝酿。动

用柴火慢慢蒸

一蒸一凉

二蒸二凉

三蒸三凉

刀工

卧龙鲊成品

要立起吃才有味道

静之间，各类食材便经历了时间的打磨、洗礼与浸润。在物资匮乏的年代，会"鲊"的人家，精打细算之下，日子会过得相对滋润。一个"鲊"字将人们的生活智慧诠释得淋漓尽致。那时候，家家户户都会"鲊"，到了吃的时候还互相比较谁家"鲊"得好。

"鲊肉"由来已久，相传曾号称"天下第一片肉"，本名粉蒸肉。听说，张飞镇守阆中时，极为钟爱升钟一带的粉蒸肉，常用它下酒。每当打了大胜仗，张飞就会叫伙夫蒸上又厚又大又肥的粉蒸肉犒劳三军，所以这道菜又叫张飞肉。

南部县升钟水库周边几个乡镇红白喜事宴席上有一道压轴美食，即将猪的五花肉切成大片，配以生姜、鸡蛋、白糖汁、料酒、葱、蒜等十余种调料，"鲊"适当的时间，再加上干的大米粉和匀，放在蒸笼上蒸约40分钟。这道菜肥而不腻，醇香扑鼻，回味悠长，当地人称"鲊肉"。

据说，当年红四方面军在升钟湖一带从事革命活动时，老百姓曾给红军战士送去

影像南充：
渐渐远去的乡愁

打包

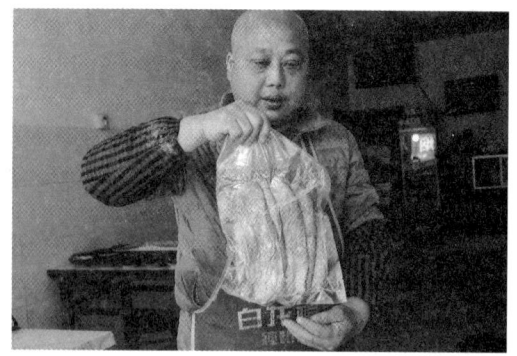

再一来块　　　　　　　　　　　　　　打包外寄

用南瓜叶、树叶包裹的"鲊肉"。老一辈无产阶级革命家徐向前、许世友在回忆录里还对它赞不绝口、念念不忘。

20世纪60年代，在升钟周边保城乡（原西水古县衙）负责伙食团的厨师杜龙生曾对"鲊肉"进行改良，用五谷粉辅以特制酱料腌制肥瘦适宜的五花肉，让鲊肉更加鲜香，多次晾蒸让肉的油气减弱，使之肥而有腻。因其形似一条条长龙盘卧在蒸笼里，所以人称"卧龙鲊"。

到了20世纪八九十年代，杜氏"卧龙鲊"名噪一时，外地食客纷至沓来升钟湖畔，只为品尝这一美味。现在还有外地食客网上订购抽了真空的"卧龙鲊"。

杜龙生先生将匠心独具的"卧龙鲊"传给其长子杜怀明、次子宋刚举（次子随母姓）。2021年8月宋刚举被认定为四川省南部县第二批非物质文化遗产项目代表性传承人，正式成为官方认定的"卧龙鲊"传承人。

在保城乡菜花节川北名小吃展上，由宋刚举制作的"卧龙鲊"依旧传承着杜氏"卧龙鲊"的原汁原味，备受当地食客的喜爱。

早年由于经济紧张，人们会穿上过年过节才舍得穿的衣服去吃席，心里却惦记着家里的老人和儿女，于是在"卧龙鲊"上桌时，就用芭蕉叶或荷叶包上一份，小心翼翼地揣在衣袋里，等席散了回到家里放在饭笼蒸一下，让一家老小都尝一口，当是"打牙祭"。有时候一不小心，油水洒了一身，还会心疼半天。那时只要听说大人要吃席，娃娃就在家里盼大人回家，望眼欲穿，等的就是一口"卧龙鲊"。

后来，当地老百姓衡量主人家大不大方、家底厚不厚实就看"卧龙鲊"的分量足不足。据当地人介绍，前些年，"卧龙鲊"大得每片得用半斤肉来做。一桌十人，就得用五斤五花肉，至少要保证每人有一片。每片都有一块鞋底子那么厚。一大盘端出来，中间还插着一根筷子（用筷子插上以免掉出盘子）。跑堂的把盘子端上桌子，将筷子一抽，客人们就可以敞开肚子吃了。现在不一样了，人们的口味没变，但胃口明显"小"了不少，一块肥而不腻的"卧龙鲊"要几个人才吃得完。时代变了，日子越过越丰润，"卧龙鲊"却渐渐在"瘦身"了。

大道至简，味入平常。如今物换星移，时过境迁。卧龙鲊正随着人们日益丰富的物质生活悄然地发生改变。

如今，杜龙生老人已入耄耋之年，退隐多年，不再做"卧龙鲊"。其子宋刚举传承30多年，但孙子辈都没有传承老一辈的手艺。为避免"卧龙鲊"面临后继无人的困境，但凡有人愿意学，宋刚举都分文不取，免费传授，只希望"卧龙鲊"作为一个地方特色美食能继续传承下去。

技艺永流传，留住味之源。愿卧龙鲊在未来时光中久"鲊"，风味永留。

儿时味道——爆米花

撰文：张娟婷
摄影：张娟婷　黄世辉

当"红萝卜咪咪甜，看到看到要过年……"的儿歌响起的时候，喷香的爆米花和喜庆热闹的春节就该接踵而至了。

史学家在美国新墨西哥州的洞穴里发现了5000年前古代印第安人食用的爆玉米花。到了19世纪，爆米花已经成为一种妇孺皆知的时尚零食，爆米花机的发明让爆米花流行起来。人们看体育比赛、杂耍节目，去游乐场，手中不离一袋爆米花。有声电

这一锅的效果很好

255

影像南充：
渐渐远去的乡愁

装好拧紧　　　　　　　　　　　　制作爆米花的"家伙"（一）

影出现以后，电影院里更是阻止不了吃货们的执着！爆米花被偷偷摸摸带进电影院，从此和可乐一起成了看电影的"标配"。

我国爆米花的历史可追溯至宋朝，源于江南一带，那里很早就有在元宵节"爆谷"的风俗。"炒糯谷以卜，谷名孛娄，北人号糯米花。"爆孛娄谐音"卜流"，吴地用以占卜流年，通常是在每年的正月十三、十四、十五这三天进行。

20世纪七八十年代，物资匮乏，缺衣少食，普通人平时能吃饱都不错了。但是再难，过年时，家长无论如何也会慷慨地拿点玉米让孩子"听听响"，开心一下，既可卜个好彩头，又能让小孩吃上不费钱的零食，真是两全其美。

爆米花的师傅大多衣着朴实，走街串巷，居无定所。一个大箱，里面有黑黢黢的木炭，沉甸甸的烤炉，长长的布套，一段厚实的橡胶轮胎圈。这些就是师傅们显手艺、谋生存的家伙什儿。每到一个地方，师傅便找好场地，摊摊扯起，架势摆起，坐等顾客上门。每个场镇集市最热闹的广场、街口就是爆米花师傅的最佳选择。

如果采访十个人，就会有十个爆米花的故事等着你。每个人关于爆米花的记忆都

制作爆米花的"家伙"（二）　　　　　　　　　　　　有的用柴烧

加炭火　　　　　　　　　　　　在火上不停地旋转

会不同。儿时的记忆里，吃爆米花不重要，重要的是小伙伴们围在一起听爆米花出炉时那惊天动地的响声、小伙伴们一起快乐玩耍的时光以及爆米花带来的春节氛围。

在"90后"小姑娘王淼的回忆里有三种爆米花。她说："小时候，我的房间窗外有一条小道，道路两旁有卖蔬果、干货、饺子皮、面粉等的摊位。等到秋天，天气微凉，卖老式手摇爆米花的人便会流动到此处。从那以后，休息日的早晨叫醒睡懒觉的我的不再是闹钟或者妈妈的叫喊，而是间或响起的"嘭"的声音。虽然我并没有吃过这种爆米花，但即便已经过了多年，每当我在相似季节的相似时间醒来之时，总会想起那爆米花开炉的巨响。

"长大一些后，妈妈有一天下班带回家一袋半成品爆米花。如果想吃到颗颗饱满的香甜爆米花，需要把那袋半成品放到微波炉里加热一阵子。由于从来没见过这种新奇玩意儿，在理解了这是什么之后，我很兴奋地按照说明开启微波炉，经过短暂的等待，扁塌的袋子膨胀起来。我急匆匆伸手去拿，还被烫了一下。忍住指尖传来的微微疼痛，我一把拉开了封口。瞬间，一股浓郁的巧克力奶油爆米花的味道充盈了我的鼻腔，也愉悦了我的大脑。

"2010年，《阿凡达》第一部在中国上映。我和妈妈走进电影院，那是我第一次看3D电影。妈妈买了观影套餐，套餐里有一大桶爆米花和两杯可乐。爆米花是电影院

在河边爆

城边边才能看到爆米花

等爆米花的食客

准备爆

最受小朋友喜欢

准备第二锅

里最常见的零食，但一提到影院爆米花，我脑海里第一时间浮现的便是那天的那桶爆米花。装爆米花的桶是蓝色的，里面的爆米花在开了灯的影院里呈金黄色泽。"

2022年末的一天，我们和爆米花的蒋师傅遇见。五十岁左右的蒋师傅已经从事爆米花约三十年，十七岁开始学艺，一直在新疆打工。现在家里老人年纪大了，需要照顾，他便放弃在外自由自在的生活，就近谋生。一斤苞米爆花后15元，加工费12元。生意时好时坏，糊口没问题，挣大钱是不可能的。他脸上黝黑的皮肤，写满岁月沧桑。用手艺养家靠的是吃苦耐劳。

爆米花

蒋师傅的全部家当都在一辆农用三轮车上。烤炉是20世纪五六十年代洛阳造的五星牌，经过改良结实耐用。场镇的父老乡亲围在周围，看蒋师傅生火、灌苞米、加蜜糖粉、密封。通红的炭火舔着手摇爆花机，火候到，温度到，时间到，蒋师傅快速把炉具放入盛爆米花的套袋里，"嘭"的一声巨响，人群四散开来，传统的、纯手工的、喷香的爆米花就新鲜出炉了。

无论乡间的、传统的爆米花声音有多大，留存在记忆里的丝丝情结仍在渐行渐远。当下冒着奶香、色泽金黄、喷着热气的一桶一桶"爆米花"，已成为日常电影院线的专配。有了一杯可乐、一桶"爆米花"，仿佛这电影也温情起来、快乐起来、绽放起来了。有时候去电影院，不一定是被电影吸引，而是惦记着再来一桶大的"爆米花"，可以从头吃到尾。

也许，那传统手艺制作爆米花时蓦然发出的平地一声响，会渐渐成为往事遗音，在无数人脑海深处慢慢模糊，慢慢被遗忘……

奇味——金宝缶鱼

撰文：张娟婷
摄影：张娟婷　黄世辉

　　河鲜是靠水吃水的人们得天独厚的食材，通过手艺人的巧手慧心，可被制作成独一无二的美味。

　　嘉陵区金宝镇因五龙抢宝的传说而得名。金宝镇有多条河流穿境而过。独特的地理环境，让乡民们获得了大自然无私的馈赠。河里的鱼很多。早年的金宝人捕鱼方式

金宝缶鱼传承人的生意很兴隆

传统美食◆

对用料的比例和时间要牢记在心 　　　　　　　　　　缶鱼对用料很讲究

剖开洗净 　　　　　　　　　　　　　　　　　　　　洗净的鲫鱼

缶鱼常用调料 　　　　　　　　　　　　　　　　　　加入鲜鱼一起拌

非常原始，用一种叫"虾扒"的自制竹具捞鱼。那时金宝的鱼很多，河里、稻田里最多的是鲫鱼。乡民用虾扒的长杆一阵昏敲乱打，水顿时变得浑浊。鱼儿不堪其扰，纷纷跃出水面。此时"虾扒"便派上大用场。捞鱼人手持长竿，放下虾扒，贴近水深鱼

261

影像南充：
渐渐远去的乡愁

蹦的地方，快速拉起，满满一虾扒的鱼就手到擒来。

劳作一天的打鱼人，踏着夕阳，扛着虾扒，提着沉甸甸的鱼篓，走在晚归的小路上，志得意满！

捞一次鱼是吃不完的。为久贮，民间智慧得以充分展现。乡民把鱼剖好洗净，用豆瓣酱、盐、糖、老抽、醋、五香粉、花椒面、香油等10多种调料涂抹鱼的全身，腌制5小时，再给鱼裹上一层干的生米粉，放入一种名叫"缶"（普通话读fǒu，四川话读fǔ）的瓦罐里腌制数天。剩下的

拌料

拌匀每一面

拌好的缶鱼

拌充分味道才好

金宝缶鱼传承人

常用陶罐缶,放的时间足够才好

缶好后,上灶蒸熟才能吃

影像**南充**：
渐渐远去的乡愁

成品

一切交给时间。耐心的等待中，时间升华了食物的味道！

通过观察缶鱼制作过程，我们发现四川人口中所谓的缶鱼的"fu"有几层含义：一是把佐料涂抹在鱼身上"敷"的动作；二是放置涂抹好干米粉的鱼的倒缶坛——"缶"；三是从倒缶坛中取出来制作好的鱼"脯"；四是已制作好的成品鱼略带点大米发酵后的酸"腐"味。敷、缶、脯、腐四个字，不同的字形，相似的读音，传递的是缶鱼的作、藏、形、味。

"腐"的时间为三至五天。鱼储存十天半月都可以。腌制好的缶鱼鲜红油亮。这时需要上锅进行蒸煮，还要在缶鱼上撒少许饭粒，以保证缶鱼的干爽。柴入灶膛，红红的灶火舔着锅底，氤氲的蒸汽缭绕竹屉。竹屉在多年的蒸煮熏染中沉淀出褐色。15分钟后，口味独特的缶鱼便喷香出笼了。蒸熟的缶鱼略带金黄，白色的饭粒点缀其间。缶鱼咸鲜、麻辣、可口，微微的酸腐味别有一番滋味，是干饭神器！

时光荏苒，沧海桑田，金宝镇的黄葛树、小街、青石路已难见其踪，稻田里的土鲫鱼也越来越少，但承载金宝人乡味儿的缶鱼依旧被保存了下来。在金宝一带的南充西路人靠水吃鲜，家家都会做缶鱼，但味道各不相同。

紧靠金宝客运站的交通酒楼远近闻名。金宝交通酒楼的老板杜德清，据说是目前金宝镇做缶鱼时间最长的厨师。他出生于1968年，二十岁开始经营餐馆，煎炒烹炸间锤炼出一身好厨艺，做缶鱼已经有三十四年。杜德清有兄弟四人，自己排行老三。他的父亲是打鱼人，杜德清从小就跟随父亲打鱼、卖鱼。当鱼没卖完时，为防止剩下的鱼坏掉，全家人都会围坐一圈，将这些鱼制作成缶鱼。在杜德清儿时记忆里，日子过得虽说有点苦，但一家人在一起的快乐温润了岁月。

杜德清在多年的厨师生涯中，不断总结前人的经验，再结合大众口味，自创了独门绝艺。他制作的缶鱼分两种：一种是不蘸干米粉放置在冰柜里腌制的；第二种需裹上干米粉放置缶中，顶上竹筷或篾条，倒扣在瓦盖上，盖子加注清水，这样做出的缶鱼略微带点酸腐味儿，深受当地人喜爱。

杜德清做的缶鱼味道好，销量也好。他一个星期要做两次，每次用鱼70~100斤。他告诉我们，腌十天左右的缶鱼最好吃，咸淡适中，腐味儿刚好。

凭借自己的手艺，他买下一楼一底的门面，供养一家老小。如今，两个儿子都已大学毕业并参加工作。杜德清通过自己辛勤的劳作收获了生活的圆满。

离家太远会想念故乡，尤其想念故乡的味道。金宝镇外出打拼的人，每到了春节、清明都会回家祭拜祖先，回到家乡少不了吃一条心心念念的缶鱼，离开家的时候也铁定要带一些走。所以，有金宝人的地方就有金宝缶鱼。远在异乡的游子时不时也会叫家乡的人给他们邮寄一点，慰藉自己的乡念。在我们不知道的时候，金宝缶鱼带着浓浓的乡愁悄悄走到其他城市，声名远扬。

杜德清正值壮年，还没考虑培养接班人将自己的手艺传承下去。他的孩子们也没有继承父亲衣钵的意愿，可能是因为金宝镇家家户户或多或少会做一点儿，仿佛没有学习的必要。我们为这门手艺的未来感到担忧。

每一门手艺，每一种味道都是有生命的、有感知的。不同的人做相同的美食，都会有各自的味蕾记号。这些不起眼却又让人心心念念的味道在人类历史中延续、沉淀，也记录着人类的生存智慧……